AF321717

Sous la direction de Marcel Duhamel

# NOUVEAUTÉS DU MOIS

## COLLECTION SUPER NOIRE

**41 - MEURTRES SUR CANAPÉ**
(BURT HIRSCHFELD)
*Toute la ville en crève*

**42 - SA MAJESTÉ LE FLIC**
(RAF VALLET)
*Le roué, c'est moué*

**43 - LES PIRATES DU CRÉPUSCULE**
(JOHN MILES et TOM MORRIS)
*De (sales) oiseaux de nuit*

BURT HIRSCHFELD

# Meurtres sur canapé

TRADUIT DE L'AMÉRICAIN
PAR JANINE HÉRISSON

GALLIMARD

# PROLOGUE

Treysa Horn était un être essentiellement dynami-
que. Même en dormant, elle semblait sur le point de
bondir, jambes repliées, prêtes à la propulser en
pleine action, les bras déjà tendus vers ce que pouvait
offrir ce jour naissant.

Au repos, son visage menu, avenant, semblait
éclairé par un sourire. Sa tête ronde était auréolée de
boucles couleur de miel, qui accentuaient encore son
air malicieux. Un amateur de chiens l'avait un jour
comparée à un fox-terrier, débordant de vitalité.

Le réveil se mit à sonner. Elle s'assit au bord du lit,
cherchant ses pantoufles du bout des pieds, et
endossa une robe de chambre en chenille par-dessus
la veste de pyjama qu'elle portait. Elle lança un
regard affectueux à son mari qui dormait à plat
ventre de l'autre côté du lit, puis elle descendit au
rez-de-chaussée.

Elle prit le lait et des œufs dans le réfrigérateur
jaune pâle, cassa les œufs dans un bol en plastique,
ajouta du sel et les battit avec enthousiasme. Elle
remonta ensuite dans la chambre pour réveiller son

mari en l'embrassant avec douceur. Il l'attira contre lui.

— La semaine commence, dit-elle. La journée aussi.

Il plaqua son ventre contre celui de Treysa.

— Si j'avais le temps... marmonna-t-il.

Elle éclata d'un rire joyeux.

— J'ai déjà entendu ce refrain, je crois bien... Viens, le petit déjeuner est presque prêt. Je vais préparer tes affaires.

Elle entra ensuite dans la chambre de son fils.

Âgé de dix ans, Daniel ressemblait beaucoup à son père ; lui aussi dormait à plat ventre, le visage enfoui dans l'oreiller. Je me demande comment ils arrivent à respirer, se demanda Treysa. Elle toucha l'épaule de l'enfant.

— Il faut te lever, Daniel. Papa est en train de se raser.

Le petit garçon roula sur le dos, les yeux étroitement fermés.

— Je vais peut-être pas aller à l'école aujourd'hui.

— Tu vas peut-être y aller.

— Je sens que je couve quelque chose, une terrible maladie.

— Tu as dix minutes pour te laver, t'habiller et descendre déjeuner.

Le mari de Treysa était déjà à table quand elle regagna la cuisine.

— Tu as une mine superbe, dit-il.

— Prends tes vitamines.

— Depuis que tu m'as imposé ce régime, je me sens devenir de plus en plus faible tous les jours. Et de plus en plus fauché, par-dessus le marché. Ces pilules coûtent une fortune.

Sans prêter attention à ses protestations, elle apporta le café sur la table.

— Tu devrais toujours porter des chemises de couleur, Leon. Ça te va formidablement.

Il lui donna une petite claque sur le derrière et elle poussa un glapissement tout en retournant vers le réchaud.

Le petit déjeuner terminé, Leon l'aida à débarrasser la table.

— Allons-y, dit-il.

Treysa, immobile à la fenêtre de la cuisine, regardait au-dehors.

— Leon, il y a quelque chose de bizarre.

Il la rejoignit.

— Quoi donc ?

— Il n'y a plus d'eau. La mare est à sec.

La Mare Simon, baptisée en l'honneur de Jeremiah Simon, qui, cent ans auparavant, avait loti la plupart des terrains qui l'entouraient, avait trente-trois mètres sur vingt-cinq.

Leon haussa les sourcils.

— Je ne comprends pas...

Daniel se glissa entre eux.

— Il n'y a plus d'eau !

Il se mit à sauter sur place, comme ravi de ce changement.

— Sensabaugh, déclara Treysa avec une brusque fureur.

— Peut-être pas.

— Oh ! Leon, tu es trop gentil, vraiment. Sensabaugh a ouvert les vannes durant la nuit.

— Il faut d'abord en être sûr. Je lui passerai un coup de fil en arrivant au bureau.

Treysa se détourna de la fenêtre, passa un manteau par-dessus sa robe de chambre, et ils grimpèrent tous trois dans le break Toyota. Treysa conduisait avec une aisance décontractée, un peu plus vite que la prudence ne l'aurait exigé, estimait son mari. Mais il n'avait jamais formulé la moindre critique. Leon Horn adorait sa femme telle qu'elle était. Il n'éprouvait aucun besoin de la changer. Même dans le plus petit détail.

Les gens qui habitaient Arcadia devaient se rendre presque jusqu'à Wesport pour prendre le train de New Haven qui les amènerait à Grand Central. Arrivé à la gare, Leon descendit de voiture et la contourna pour aller embrasser sa femme sur la joue.

Après avoir fait demi-tour, Treysa descendit Riverside Avenue en direction de l'école privée où Daniel poursuivait ses études. Elle lui promit, en le déposant, de revenir le chercher en fin de journée.

De retour chez elle, elle posa l'imperméable à cheval sur la rampe de l'escalier et monta en courant. Une fois déshabillée dans la salle de bains, elle s'examina dans le miroir fixé au dos de la porte. Sa peau nacrée respirait la santé. Elle était fière de son corps, et bien décidée à rester belle pour elle-même et pour Leon.

Moins de neuf minutes plus tard, elle était morte.

# CHAPITRE I

Loukas conduisait machinalement, les yeux fixés sur la route qui s'ouvrait devant lui. Dans Watson Place, quatre nids de poule creusés dans la chaussée et qui ne seraient jamais réparés, semblait-il, l'obligèrent à dévier de sa route pour engager la Valiant bleu délavé sur la voie de gauche.

Conduire une voiture ne présentait aucun problème à Loukas. Mais c'était bien à peu près le seul domaine qui ne lui en posait pas. Il avait de plus en plus de mal à trouver le sommeil la nuit, et à se sortir du lit le matin. Autrefois, la vie avait été une aventure excitante, riche en surprises et en promesses. Ça n'était plus le cas.

Aucun incident dramatique n'était cause de ce changement. Simplement il avait cessé, petit à petit, de se sentir motivé ou engagé, satisfait de son sort ou récompensé de ses efforts. Une amère réalité, survenue avant même qu'il en ait pris conscience. Il ressentit un élancement au creux de l'estomac sur lequel il plaqua sa main. Un symptôme d'ulcère, l'avait averti le D^r Dubin. Cessez donc de vous tracasser.

Loukas se frotta le ventre jusqu'au moment où la douleur sourde se fut apaisée. Les ulcères sont le lot d'hommes surmenés qui vivent dans la terreur de voir disparaître tout ce qu'ils ont acquis. Comme Loukas n'avait pas grand-chose à perdre, il se sentait trahi par son corps.

Il engagea la Valiant dans Pond Ridge Road, stoppa derrière la voiture de patrouille verte et blanche garée au bord du trottoir, et descendit, en boutonnant la veste de son complet gris. Dur, desséché, il avait une grosse tête dont les épais cheveux grisonnants étaient coupés en brosse, des yeux marron au regard peu mobile, un grand nez grec, une bouche large, une mâchoire maigre, dure, un visage ridé et buriné. C'était un flic.

Loukas examina la maison bâtie à une quinzaine de mètres de la route. Elle était dénuée de style, sans caractéristique spéciale, centrée autour de l'inévitable living-room. Elle n'en valait pas moins facilement cent mille dollars aux prix actuels. On construisait de plus en plus de maisons de ce genre à Arcadia. Elles abritaient des gens que Loukas avait rarement l'occasion de rencontrer, sauf dans l'exercice de ses fonctions.

Des gens riches qui avaient réussi. Des hommes courtois et sûrs d'eux. Des femmes ravissantes et sophistiquées. Ils faisaient partie d'un monde étrange qui, pour Loukas, semblait vaguement menaçant.

Il n'en avait pas été ainsi lorsque Loukas était petit garçon. Arcadia avait considérablement changé depuis ce temps-là. Une de ces villes bâties le long du littoral du Détroit de Long Island dans le Connecticut ; elle avait été peuplée à l'origine par des Portugais, des Italiens et quelques Grecs. Plus tard, les Norvégiens vinrent s'installer, puis des Irlandais. Ils pêchaient et cultivaient la terre ; la vie se déroulait lente et paisible.

Au cours de l'année qui précéda le début de la Deuxième Guerre mondiale, des artistes, des écrivains découvrirent ce petit village ravissant et tranquille, où ils pouvaient échapper à la canicule des étés new-yorkais sans être trop éloignés de ce monde dont ils avaient un besoin vital. Lorsque vint la fin des hostilités, un certain nombre d'entre eux s'étaient fixés définitivement à Arcadia.

La plupart des six mille personnes qui vivaient maintenant à Arcadia étaient riches, cultivées, douées, sophistiquées. Les autres — boutiquiers, garagistes, charpentiers, pompiers — étaient des vestiges du passé.

Loukas exhala tristement son souffle. Lui aussi faisait partie des vestiges.

Il enjamba la corde qui barrait l'allée et descendit rejoindre Sam Barker qui se tenait au bas de la pente. Barker, un homme trapu et lourdaud, avait un visage plat et de minuscules yeux au regard stupide. Le genre de flic qui faisait toujours exactement ce qu'on lui disait de faire. Voyant approcher Loukas, il enfonça sa casquette sur sa grosse tête ronde et salua gauchement.

Loukas leva une main.

— Bonjour, sergent.

— Vous avez bouclé le secteur, dit Loukas, concédant ce petit compliment dont Barker avait besoin.

— Oui, monsieur.

— C'est du bon travail.

— Il s'agit d'un meurtre, sergent. Oui, pas de doute : c'est bien ça.

— Pas de témoin, Sam ?

— Juste la dame qui l'a trouvée. Sandra Felton. Elle est dans le living-room.

— Où est le corps ?

— Près de la piscine.

C'était un réservoir en plastique bleu posé sur le sol avec un cadre et un rebord en bois de pin. Une allée dallée amena Loukas derrière la piscine jusqu'à Treysa Horn. Il se plaça avec soin à ses pieds et se força à la regarder. Le visage de la femme était tuméfié, et le sang lui coulait du nez et de la bouche. Des boursouflures violettes encerclaient son cou et une terreur sans nom se lisait encore dans ses yeux vitreux. Sa jupe écossaise était retroussée autour de sa taille. Sa culotte gisait un peu plus loin. Une de ses jambes était rabattue à angle droit par rapport à son buste, le genou replié ; l'autre était allongée à plat sur le sol.

Le témoin se trouvait dans le living-room. Vêtue d'un survêtement rouge vif et chaussée de baskets, elle était assise sur le divan, tassée sur elle-même, le visage enfoui au creux de ses mains. C'était une femme de grande taille, aux épaules carrées, au dos large, avec de belles mains robustes.

— Madame Felton, dit Loukas.

Elle émit un bruit étouffé derrière ses mains.

— Je suis le sergent Loukas, Madame Felton. J'ai quelques coups de fil à passer, et après il faudra que je vous pose quelques questions.

Elle acquiesça d'un signe de tête.

Il alla téléphoner depuis la cuisine. Une voix d'homme répondit.

— Abner, dit Loukas, ici Theo. J'ai un macchabée sur les bras. Numéro 8 Pond Ridge Road. Rapplique tout de suite.

— J'ai des rendez-vous ce matin.

— Annule-les.

Loukas raccrocha, puis composa un autre numéro.

— Commissariat Central. Agent Hale à l'appareil.

— Ici Loukas.

— Oui, sergent ?

— Je suis chez Horn. Envoyez-moi tout de suite les spécialistes.

— Oui, monsieur.

Loukas retourna dans le living-room. Sandra Felton n'avait pas bougé. Il s'assit en face d'elle dans un fauteuil confortable et l'observa. Elle ne semblait pas être consciente de sa présence.

— Il faut que nous parlions maintenant, Madame Felton.

Elle secoua la tête comme pour protester.

— Comment peut-on faire une chose pareille ? dit-elle enfin en relevant la tête.

Elle avait la peau lisse, de grands yeux lumineux, un visage régulier, presque beau. Ses yeux étaient secs, ce qui surprit Loukas. La plupart des femmes auraient été en larmes. Il s'interrogea là-dessus.

— C'est vous qui avez découvert M<sup>me</sup> Horn ? demanda-t-il.

— Oui, et elle ajouta, presque avec défi : je faisais ma course à pied.

— Du cross. Beaucoup de gens font du cross à Arcadia.

— Je cours, rectifia-t-elle. Aussi vite que je peux.

— Je vois.

— J'habite de l'autre côté de la colline. Quelquefois, je passe par ici.

— Bien, dit-il. Vous faisiez vos exercices matinaux. Vous venez par ici chaque fois ?

— Je n'ai pas de parcours précis, dit-elle. Je ne suis pas assez disciplinée pour ça.

— Avez-vous vu quelqu'un ?

— Non. Enfin, je ne pense pas.

— Vous n'êtes pas sûre ?

— Je ne peux pas l'affirmer. Il y avait peut-être quelqu'un. Dans les bois.

— Un homme ?

— Peut-être.

— Il se dirigeait vers la route ? Vers Judge's Lane ?

— Non. Il s'éloignait en diagonale. Vers Tudor Place, ce cul-de-sac un peu plus loin.

— Avez-vous entendu une voiture ?

— Une voiture ?

— Un bruit de moteur.

Le beau visage de la femme se plissa, comme si elle essayait de résoudre un problème.

— Je ne suis pas certaine. La route n'est pas bien loin. Il y avait sûrement des voitures qui passaient, il y en a toujours à cette heure-là, le matin.

— Essayez de vous rappeler. Un moteur silencieux ? Bruyant ?

— Je ne sais pas.

— Quel genre, d'après le moteur ? Une Cadillac, par exemple ? Ou peut-être une Volkswagen ?

— Je ne sais pas.

*

Abner Posner était accroupi auprès du cadavre de Treysa Horn lorsque Loukas revint. Il prit la parole sans relever la tête.

— Un beau petit lot, dit-il. Si c'est pas malheureux de gâcher une pareille marchandise !

— Tu es prêt à dire que c'est un meurtre, Abner ?

— Écoute, Theo, après l'autopsie, j'aurai une opinion officielle. Pas avant.

— Tu veux bien admettre qu'elle est morte ?

— Oh pour ça, elle est morte.

— C'est pas bien joli, hein ?

— Elle a été salement tabassée. Comment un homme peut-il traiter une femme de cette façon ? Regarde-moi ces ecchymoses. Il a fallu cogner dur.

— Battue à mort, Abner ? Tu es le médecin légiste. Vas-y d'une supposition. C'est tout ce que je demande.

— Non. Regarde sa gorge, ces bourrelets. Elle a eu affaire à un étrangleur. Il lui a enfoncé les pouces dans la carotide. Privée d'air, elle n'a pas dû durer bien longtemps. Et le cerveau n'était plus irrigué, en plus. Je parie bien qu'elle a le larynx écrasé.

— Elle a été violée, Abner ?

Posner tendit le doigt.

— Il y a des traces de liquide visqueux. Du sperme, très probablement. Nous allons sûrement découvrir là-dedans des tissus déchirés, du sang.

# CHAPITRE II

A peu près au moment où Treysa Horn était tuée, Leo Diamond s'avançait avec précaution au bord du quai à la gare de chemin de fer de Westport. Il habitait Arcadia depuis plus d'un an et demi et se rendait à son bureau de Manhattan cinq jours par semaine. Il détestait le voyage en train, qu'il trouvait long et ennuyeux. Il avait du mal à lire, les secousses et les oscillations des wagons ayant tendance à lui fatiguer les yeux. Et il n'avait encore jamais eu l'occasion d'avoir une conversation qui en vaille la peine avec un autre voyageur.

— Ah ! fit-il, comme au désespoir.

— Qu'est-ce qu'il y a ? demanda automatiquement sa femme Ruth.

Le train avait du retard, elle le savait, et l'inexactitude rendait Leo Diamond enragé. Dans sa tête, il devait déjà être en train de rédiger une lettre de protestation adressée au *Times*. De comploter une sanglante vengeance contre les Seigneurs de New Haven. De clamer du fond de son désespoir silencieux : *Pourquoi me font-ils ça à moi ?*

— Sept minutes de retard, répondit Diamond. Il

devait être à l'heure, a dit le type du guichet quand j'ai appelé. Aucune considération pour les voyageurs, tous autant qu'ils sont. Tous des hypocrites.

— Il va arriver, dit Ruth, ne se sentant que légèrement coupable du plaisir tout nouveau qu'elle éprouvait.

— Quand ? Quand ?

— Ta montre avance peut-être, Leo.

Diamond leva les yeux au ciel.

— Cette montre est une Accutron. Précise à un millième de seconde près. Garantie par Bulova. Ce foutu train est perpétuellement en retard. Plus personne n'est ponctuel de nos jours. J'attends une cliente à onze heures. Les chemins de fer devraient être nationalisés.

— Je croyais que tu étais contre le socialisme.

— Qui a parlé de socialisme ?

— La nationalisation, dit-elle en guise de réponse.

— Est-ce que tu fais de la provocation ?

— Pourquoi j'en ferais ?

— Je vais renoncer à prendre le train. J'irai en voiture.

— Toute cette circulation te rend nerveux.

Le train surgit du tournant et les voyageurs se déplacèrent, pour tâcher de se poster en face d'une porte. Le convoi s'arrêta et Diamond se retrouva à mi-hauteur d'un wagon. Jamais il n'arrivait à prévoir le bon endroit.

— Pas un wagon fumeurs, hurla-t-il en voyant Ruth se diriger vers une portière. C'est un wagon fumeurs ?

— Il y a des places libres, répondit-elle.

— La fumée me donne mal à la tête.

— Tous les autres wagons sont pleins, l'avertit-elle.

— Ruth, tu m'exaspères.

Elle le suivit dans l'autre sens. Ils ne réussirent pas à trouver deux places libres contiguës. Ils retournèrent au wagon fumeurs, où deux places, l'une derrière l'autre, étaient encore libres. Diamond fit signe à Ruth de s'installer, puis il s'assit à son tour, ferma les yeux et réfléchit à la journée qui l'attendait.

*

La pendule fonctionnant sur piles accrochée au mur indiquait exactement trois minutes avant l'heure, lorsque Ned Bookman pénétra dans son cabinet, annexe de sa maison. Bookman en avait personnellement supervisé les plans et la construction. Il l'avait meublé luxueusement et avec soin, attentif à créer une atmosphère calme et apaisante, bénéfique à ses patients. De toute façon, Bookman, extrêmement sensible à la beauté du décor qui l'entourait, aimait vivre dans le confort.

Edward Michael Bookman, Docteur en médecine, diplômé de Psychiatrie, avait exercé à la Clinique Menninger et à Bellevue, avant de passer deux ans au Vietnam comme médecin militaire. Par la suite, il avait ouvert un cabinet à Manhattan, puis était venu s'installer à Arcadia. C'était une décision qu'il n'avait jamais regrettée. Quantité d'épouses de riches p.-d.g. du coin, malheureuses en ménage, pouvaient facilement payer cinquante dollars pour les trois quarts d'heure que durait la séance d'analyse. Il lui arrivait parfois de soigner les maris, parfois des couples, et il se penchait même sur le cas de leurs enfants souvent perturbés qui posaient des problèmes.

Bookman vérifia machinalement sa liste de rendez-vous. Il savait sans avoir à regarder qui venait en tête. Keyes. M^me Enid Keyes. Une grande femme au corps voluptueux, avec des yeux moqueurs et une bouche charnue, gourmande. Enid Keyes, mariée deux fois à des homosexuels, et une troisième fois à un homme beaucoup plus jeune qu'elle, presque un adolescent, qui était impuissant. Elle avait divorcé des deux premiers ; l'adolescent s'était suicidé.

Le sexe était l'unique intérêt d'Enid Keyes, et son corps à la peau si blanche représentait un temple du plaisir qu'il fallait soigner avec amour, vénérer, exhiber toujours à son avantage.

Trois fois par semaine, elle se rendait chez Ned Bookman. Toujours élégante, elle avait pris l'habitude depuis quelque temps de ne plus porter de soutien-gorge, les larges médaillons de ses seins pointés agressivement sur le médecin.

Enid Keyes avait amené Bookman à perdre son objectivité professionnelle, ce qui ne lui était pratiquement jamais arrivé. Il ne parvenait pas à la considérer autrement que comme un objet sexuel. Il rêvait de se jeter sur elle, de lui arracher ses vêtements, de se repaître de cette chair épanouie. De goûter, de sentir, de baiser.

Cette femme, reconnaissait-il avec tristesse, était extrêmement dangereuse. Elle représentait un test pour un praticien. Il était indispensable qu'il lui résiste. L'idée qu'il puisse basculer à bas de son piédestal de psychiatre inquiétait Bookman, et il s'exhortait à la fermeté. Il allait la guérir et serait plus que jamais au-dessus de tout reproche.

La porte de la salle d'attente s'ouvrit et se referma. Enid Keyes était arrivée. Son sourire radieux sembla illuminer la pièce alors qu'elle s'installait dans son fauteuil habituel et croisait les jambes avec un peu trop d'ostentation, songea Bookman. Son regard fut attiré par ses cuisses, étroitement collées l'une à l'autre. Il cligna des yeux et reporta son attention sur le visage de la jeune femme.

Elle fit la moue.

— Vous me semblez dans une forme absolument éblouissante ce matin, Docteur Bookman. Avez-vous passé une nuit spécialement agréable ? ajouta-t-elle, l'air faussement innocent.

Il se raidit.

— Nous sommes ici pour parler de vous.

— Nous pourrions parler tout aussi facilement au lit. Nus. En nous caressant l'un l'autre. Voilà qui m'aiderait vraiment.

— Si nous couchions ensemble, je serais simplement pour vous un autre homme, une autre conquête, un autre corps.

— Et qui s'en plaindrait ?

— Mais vous, très certainement. Je finirais par vous décevoir moi aussi, à n'être plus qu'un autre qui vous a trahie lui aussi.

Elle se pencha en arrière dans son fauteuil.

— Vous êtes un salaud, comme tous les autres.

*

Les muscles abdominaux d'Emmett May se

contractèrent sous l'effort. Étendu à plat sur le plan incliné, il poussa un léger grognement approbateur. Aspirant l'air entre ses magnifiques dents blanches, il souffla à petits coups avant de redresser le buste, les mains tendues pour toucher ses doigts de pieds, prenant plaisir à l'exercice, au travail de ses muscles et de ses articulations bien huilées.

Emmett May était fier de son anatomie. Tous les matins, vingt minutes sur la bicyclette fixe, cinquante tractions sur les bras, cinquante flexions. Saut à la corde pendant dix minutes, puis dix minutes de punching ball. Tous ces exercices avaient été bénéfiques à son corps admirablement entretenu, mince et musclé comme celui d'un adolescent. Du beau travail, vraiment.

Et un visage qui ne gâtait rien. Anguleux et osseux, une grande bouche mobile et des yeux verts qui clignaient rarement. Une tête bien ronde couronnée de cheveux bruns et bouclés, qui commençaient juste à s'argenter aux tempes.

Il fallait vraiment un œil exercé pour s'apercevoir qu'Emmett May avait vécu un demi-siècle. Il avait la peau claire, les yeux brillants, les mains fermes. Une nourriture saine, des vitamines en quantité, et une activité physique contrôlée. Là était le secret. La cinquantaine marquait les autres hommes, mais pas Emmett May.

Une fois ses exercices terminés, il s'examina dans la glace qui couvrait un des murs de sa petite salle de gymnastique. Il ne portait qu'un slip minimum et on aurait pu le prendre pour un étudiant, membre de l'équipe de football de son collège, ce qu'il avait été autrefois  Un très bon joueur, en plus. Rapide, costaud, agressif. Douze kilos et dix centimètres de plus, il serait peut-être devenu un footballeur professionnel. Faute de quoi, il avait offert au théâtre ces dons de Dieu qu'étaient son visage, son corps et sa voix si virile.

Et il avait très bien réussi dans ce domaine.

Dans le couloir qui faisait toute la longueur de la maison, il s'arrêta devant la porte de la chambre de Judith, hésita, puis frappa. Pas de réponse. Il ouvrit la porte. La couverture était faite, mais Judith n'avait pas dormi dans son lit gigantesque. A gestes rapides, Emmett froissa les draps, rejeta les oreillers de côté. Dans la salle de bains, il éclaboussa d'eau le carrelage et humecta une serviette qu'il jeta dans la baignoire. Judith n'avait pas une réputation d'ordre. Satisfait il descendit.

*

Donnelly, vêtu d'un jean et d'un vieux pull-over noir déchiré au coude et élimé aux poignets, parcourait la maison comme s'il s'était lancé à la recherche d'un objet qu'il savait ne jamais devoir trouver.

La maison était encore un endroit mystérieux pour lui. Pleine de ses propres secrets, de ses bruits. Il suffisait de tourner un coin, et une vision nouvelle s'imposait à lui, toujours aussi étrange. C'était la quatrième journée qu'il passait dans la baraque et il s'y sentait toujours comme un étranger, pas encore accepté.

Les proportions étaient parfaites partout. De hauts plafonds au-dessus de murs blancs rugueux. Quantité de vastes fenêtres. Des parquets sombres et bien cirés. Il avait besoin de beaucoup d'espace autour de lui.

Son atelier — une des raisons qui l'avaient spécialement poussé à acheter cette maison — était une immense pièce aux poutres apparentes, avec un haut plafond à la double pente percé de deux larges verrières. C'était un endroit où il pouvait circuler à son aise, faire les cent pas d'un bout à l'autre, ranger son matériel et étudier ses œuvres en cours. Dans cette pièce, il serait en mesure de réfléchir, laisser ses émotions mûrir et se concrétiser, travailler.

Une lourde table avait été placée au centre de l'atelier et dessus était posée une douzaine de ses plus petites sculptures. Bois, pierre, terre cuite, métal ; il usait de tous les matériaux. Une idée, alliée au matériau correct, modelé par ses mains, façonné, puis martelé par ses outils, pour devenir un bel objet.

Pourquoi était-il venu à Arcadia ? Il n'avait pas de réponse précise à cette question. Mais pour lui, fini la ville, la tension, les bruits mécaniques qu'on y subissait, la fausseté de son existence comme membre du Monde des Arts. Il était convaincu que les artistes devaient être considérés comme des artisans, et non pas traités comme des célébrités auxquelles on accordait trop d'importance et des récompenses hors de proportion avec leurs efforts. Il s'était toujours efforcé de ne pas devenir un homme en vue ; peut-être était-ce la raison qui l'avait amené ici.

La nuit précédente, seul dans son lit, incapable de trouver le sommeil, il était resté allongé dans le noir, en fumant une cigarette, en laissant vagabonder sa pensée. Il avait essayé de se représenter l'univers, ce vide inimaginable, en perpétuelle explosion, en perpétuelle expansion. Vers quoi ? Y avait-il quoi que ce soit de vivant dans le cosmos ? Une forme de vie qu'aucun humain ne pouvait imaginer ? Si c'était le cas, elle devait être hostile. La vie, il le savait, était une lutte éternelle et terrible pour atteindre... quoi ? La vie, supposait-il.

Ou la mort.

Brusquement, il eut envie d'une femme. N'importe laquelle. Un réceptacle pour son désir. Rien ne pouvait se comparer avec le premier élan puissant qui lui faisait pénétrer un corps féminin. Sentir ces lèvres brûlantes et humides se refermer sur votre chair palpitante. Terrifiant, et rassurant. Une preuve de la vie, et de la proximité de la mort. Et quand venait le plaisir, ce spasme presque toujours surprenant d'angoisse et de soulagement, il se retrouvait inévitablement faible, glacé, terrifié.

*

Il était redevenu un enfant. Se frayant un chemin au milieu du bois touffu, il avançait avec d'infinies précautions pour ne pas alerter ses ennemis. A pas feutrés, il progressait dans l'ombre, se servait des buissons pour à la fois se protéger et se dissimuler. Il avait souvent été un Indien en quête d'adversaires, prêt à livrer bataille. Ou à donner l'alarme. Il recherchait l'aventure. Une occasion de faire ses preuves. D'être accepté en tant qu'homme.

Les sentiments qu'il éprouvait maintenant restaient les mêmes. Sa respiration était courte, sifflante. Son cœur battait la chamade. Ses muscles étaient tendus et son excitation croissait à mesure

26

qu'il progressait. Il savourait à l'avance ce qu'il savait l'attendre et aussi ce qui demeurait encore un mystère pour lui.

Il avait la bouche sèche et les mains moites. A quatre pattes, il avançait tel un animal disgracieux, cherchant le sentier familier à travers les buissons. Il émergea sur la corniche rocheuse et jeta un coup d'œil alentour. Personne ne l'avait repéré. Se déplaçant avec la plus extrême précaution, il alla occuper sa position habituelle, le dos appuyé au gros tronc du vieil érable, à l'ombre des branches encore couvertes de feuilles jaunies.

Sa respiration se calma, son cœur reprit son rythme normal. Ici il se sentait en sécurité, étrangement confortable, à l'aise dans sa solitude.

La maison, construite sur une légère éminence, était composée de nombreuses pièces ; trop grande, trop chère, c'était la maison d'un homme dont la fortune était indécente. Un homme qui avait réussi. Un homme injustement comblé.

*Pourquoi pas moi ?*

Il était méprisé, raillé, laissé pour compte. Il en avait toujours été ainsi. Mais plus maintenant. Déjà le monde connaissait le poids de sa fureur, son pouvoir, son habileté, et il le craignait. Il le craindrait davantage encore.

Sans regarder sa montre, il savait que le moment était venu. Le moment où elle allait se poster devant la fenêtre panoramique de sa chambre afin de s'exhiber pour lui tout seul.

Il voulait la voir apparaître maintenant. Et elle apparut. Entièrement nue. Elle tourna sur elle-même si bien qu'elle se retrouva face à lui. Elle avait des seins fermes aux bouts marron, durcis. Et les poils de son pubis dessinaient un triangle net, trop parfait. Il laissa échapper un gémissement sourd et porta la main à son sexe.

Salope ! seule une ordure pouvait lui faire ça. Seule une traînée pouvait s'exhiber avec une telle impudence. Une vraie salope, qui essayait de le piéger, de le vider de sa substance, de sa virilité. Une poufiasse qui méritait d'être punie. Cette poufiasse et son mari... tous les deux. Tous les deux...

# CHAPITRE III

Sept maisons en tout étaient bâties à proximité de Simon's Pond. Ranches, baraquements, une grange aménagée, et une structure en béton moulé rappelant à Loukas un musée d'art de New York qu'il avait visité autrefois, tout en angles, en courbes et en murs blancs qui semblaient s'envoler vers le ciel.

Loukas se rendit à chacune d'entre elles, parla aux gens qui se trouvaient chez eux. Il n'attendait aucune révélation saisissante. Aucun stupéfiant aveu de culpabilité. Il espérait simplement acquérir méthodiquement diverses bribes de renseignements qui finiraient éventuellement par former un tableau cohérent. Un tableau qui l'orienterait vers l'assassin.

Personne n'avait vu ou entendu quoi que ce soit.

Pendant qu'il se trouvait dans l'une des maisons, un camion de l'Entreprise de Jardinage Toohey arriva et deux jeunes gens robustes entreprirent l'habituel nettoyage d'automne. Plus tard, Loukas aperçut Mike Jansen qui faisait sa ronde, pour ramasser les ordures ; Loukas avait fait appel aux services de Jansen pendant des années. Et au moment où il s'en allait de la grange aménagée, une camionnette de livraison apporta une commande du Marché A-1. La vie à Arcadia continuait, simple et ordonnée, comme s'il ne s'était rien passé d'inhabituel.

Il était près de trois heures de l'après-midi lorsque Loukas, arrivé au terme de son enquête, regagna le Commissariat Central. Il se rendit directement au bureau du Capitaine Henderson. Henderson, un homme corpulent, sombre de caractère, dirigeait toutes les opérations importantes de la Police d'Arcadia. Il avait choisi le métier de flic afin de devenir un héros et au lieu de ça, il se retrouvait asphyxié sous des piles de rapports et de formulaires concernant les infractions au code de la route et les cambriolages de maisons.

Il accueillit Loukas d'un signe de tête, indiqua le jeune homme qui se tenait le long d'un mur.

— Voici Tom Petersen, Theo. Il va travailler sur l'affaire avec vous. D'accord ?

— D'accord, capitaine.

Tom Petersen sourit.

Henderson pointa un index osseux sur un deuxième homme, assis dans le fauteuil métallique placé face au bureau.

— M. Horn, marmonna Henderson, le mari de la victime.

En d'autres circonstances, on aurait pu dire de Leon Horn que c'était un homme séduisant et sûr de lui. Mais maintenant, son visage lisse et plaisant était crispé par l'angoisse et le désarroi. Les yeux gonflés, les lèvres étroitement serrées, il se tenait droit et raide, comme prêt à se défendre contre une agression.

Loukas se racla la gorge.

— Pouvez-vous répondre maintenant à certaines questions, Monsieur Horn ?

— Le sergent Loukas est chargé de l'affaire, précisa Henderson.

— Quelles questions ? demanda Horn.

— M^me Horn attendait-elle quelqu'un ce matin ? Après votre départ pour votre travail ?

Horn secoua la tête.

— Ça ne serait jamais arrivé si Livia avait été là.

— Qui est Livia ?

— Livia travaille pour nous. Elle fait la cuisine, le ménage.

— Elle est noire ? s'enquit Henderson.

Horn se balançait sur lui-même.

— Livia n'était pas à la maison ce matin. Elle est allée en ville hier après-midi.

— Comment s'appelle-t-elle ? demanda Loukas.

— Livia Vargas. Olivia.

— Portoricaine, dit Henderson d'un air entendu.

Horn tourna lentement la tête pour regarder le capitaine. Ses réactions étaient hésitantes, émoussées.

— Mexicaine, dit-il. Ça a une importance ?

— Savez-vous où elle a couché en ville ? demanda Loukas. Elle doit avoir des amis.

— Je ne comprends pas, dit Horn. Pourquoi m'interrogez-vous au sujet de Livia ?

Petersen fit un pas en avant. Il se tenait très droit, le menton levé d'un air agressif.

— Les bonnes commettent parfois des erreurs. Des tas de cambriolages ont lieu de cette façon-là.

— Des erreurs ? répéta Horn, changeant encore de position.

— Elles parlent aux gens. Donnent des renseignements qui peuvent être utiles à certains.

— Livia ne ferait jamais une chose pareille.

— Il est facile d'obtenir des doubles d'une clef, dit Henderson.

— Livia ne ferait jamais rien qui puisse nous nuire, protesta Horn.

— Sans le faire exprès, dit Petersen.

— Où est-elle en ce moment ? demanda calmement Loukas.

Le désarroi de Horn sembla s'accentuer. Son regard vacilla et il effleura ses lèvres du bout de la langue.

— Elle a dit qu'elle serait rentrée à temps pour préparer le dîner ce soir. Treysa et moi allons au cinéma. Enfin... on voulait y aller.

Il se couvrit le visage de ses mains. C'était, songea Loukas, un homme terrifié, désespéré, dont le monde venait brusquement d'être détruit.

— J'aimerais parler à Livia, dit Loukas.

Horn acquiesça sans relever la tête.

— Vous n'avez rien remarqué de spécial ce matin, monsieur Horn ?

Horn frissonna, releva la tête.

— Que voulez-vous dire ?

— Oui, quelque chose de différent, insista Loukas. Un inconnu rôdant dans les parages ? N'importe quoi ?

Horn fit un effort pour réfléchir.

— Seulement la mare, dit-il.

— Comment ça, la mare ?

— Elle était vide. Je devais en parler à Sensabaugh.

— Mike Sensabaugh ? dit Henderson. Qu'est-ce
qu'il a à voir là-dedans ?

— Quelqu'un a ouvert les vannes. C'est déjà
arrivé.

— Mais pourquoi Sensabaugh ? insista Henderson.

— Je devais lui téléphoner. J'avais promis à
Treysa de l'appeler. J'ai oublié.

— Je parlerai à Sensabaugh, dit Loukas.

— Vous ne voyez rien d'autre à nous dire ?
demanda Petersen.

— Si nous faisions ramener M. Horn chez lui ?
suggéra Loukas à Henderson.

— Il faut que j'aille trouver mon fils. (Horn s'était
levé, vacillant légèrement sur lui-même.) Daniel doit
se demander pourquoi sa mère n'est pas encore
venue le chercher à l'école.

*

Donald Wakeman, Chef de la Police, avait l'air
d'un professeur. Derrière ses lunettes à montures
d'écaille, son regard était attentif, jaugeant tout ce
qui passait à sa portée. Il accueillit son visiteur avec
une amabilité forcée.

— Victor ! Content de vous voir.

— Bon Dieu, chef, commença Victor Fellows
d'une voix sonore, étudiée, qu'est-ce qui se passe ?

Wakeman n'avait jamais eu de sympathie pour
Fellows. Le Procureur de la Circonscription offrait
une image trop parfaite à son goût. Son visage, sa

33

silhouette, ses vêtements, tout chez lui était conforme à des normes parfaitement étrangères à Wakeman. Fellows avait un beau visage rude, cuivré par le soleil, une tête bien dessinée, un cou robuste. Les hommes en général le trouvaient trop beau ; les femmes très séduisant.

— Je vous en prie, Victor, asseyez-vous, dit Wakeman, en lissant son épaisse crinière blanche soigneusement entretenue.

Fellows s'installa, tira sur le pli de son pantalon avant de croiser les jambes. Il avait l'air sombre.

— Je veux tout savoir sur ce meurtre, Chef. J'aurais dû être informé immédiatement. C'était convenu comme ça entre nous.

— Ne vous énervez pas, Victor. Il y a bien des chances pour que le capitaine Henderson ait arrêté le coupable d'ici soixante-douze heures. Il s'agit sûrement d'un quelconque clochard qui a perdu la tête, et a tabassé une femme avant de la violer. Pris de panique, il l'a ensuite étranglée, pensant courir ainsi moins de risques. Mais nous avons lancé un avis général pour interpeller toute personne faisant du stop, tout suspect. Soixante-douze heures, vous verrez.

— Henderson n'a pas contacté la Police de l'État, n'est-ce pas ?

Wakeman, patient, sourit.

— Mais non, bien sûr, Victor. Le Capitaine Henderson s'en tient strictement aux lignes que nous avons tracées. Nous sommes en contact permanent pour cette affaire, permanent.

— Parfait. (Fellows parut rassuré.) Henderson est assez compétent, je pense. Il fera ce qu'il faut.

De nouveau ce sourire indulgent.

— Victor, Henderson est mon adjoint. Il ne travaille pas sur le terrain. C'est le sergent Loukas qui est chargé de l'affaire.

Fellows fronça les sourcils.

— Il n'y a personne d'autre, pour diriger les opérations en quelque sorte ?

— Theo est tout à fait à la hauteur.

— Il n'a pas suffisamment de punch.

— Theo n'est pas tombé de la dernière pluie, Victor. Il a de l'expérience.

— Il s'agit d'un meurtre cette fois. Loukas a-t-il déjà travaillé sur une affaire criminelle ?

Wakeman écarta les mains.

— Nous vivons dans une communauté paisible. Nous n'avons jamais rien eu de ce genre depuis que je suis Chef de la Police, et ça fait déjà huit ans.

Fellows hésita. Pas un seul membre de la police d'Arcadia n'avait la moindre expérience en matière de meurtre ou de viol. Seuls le bureau du shérif du comté et la Police de l'État possédaient l'entraînement et l'expérience nécessaires pour régler des affaires de ce genre. Mais les convoquer aurait fait échouer les plans de Fellows. Pour le moment, en tout cas, il se contenterait de la situation telle qu'elle se présentait.

— Tenez-moi au courant de ce qui se passe, dit-il en se levant.

— Comptez sur moi, Victor.

— Si on arrête un suspect, j'aimerais assister à l'interrogatoire.

— Ça, ça dépend du Capitaine Henderson. Je

dirai à John de vous prévenir dès qu'il y aura du nouveau.

— Très bien. Mais que personne ne fasse de déclarations à la presse. Mon bureau s'occupera des mass media. Les droits de l'accusé doivent être protégés, ajouta-t-il vivement.

— C'est ce que nous désirons tous.

Une fois sorti du Commissariat, Victor Fellows sentit l'excitation le gagner. Il pressentait un triomphe à venir. Un meurtre et un viol. Il tenait là l'occasion de se faire une réputation dans tout l'état. Avec un peu de chance, il pouvait devenir un autre Tom Dewey.

*

— *Santa Madre de Dios !*

Livia Vargas fit le signe de la croix. Elle était assise, les yeux baissés, son petit visage blême, les lèvres exsangues, les mains à présent crispées sur les genoux.

Loukas l'examinait. Elle était jeune, terrifiée, intimidée par la police. Leon Horn lui avait téléphoné dès le retour de Livia, et Loukas et Petersen avaient réagi immédiatement. Elle avait pleuré et un sanglot lui échappait encore de temps à autre. Elle releva la tête et regarda tout autour d'elle comme si elle cherchait de l'aide.

— J'ai honte, chuchota-t-elle.

— Honte de quoi ? demanda Petersen. Qu'est-ce que vous avez fait ?

Loukas, légèrement en retrait, observait. Il lui vint

à l'idée que Petersen aurait pu être prêtre s'il n'était pas entré dans la police.

— Qu'avez-vous fait ? insista Petersen.

— *Santa Madre de Dios !*

Elle était très jolie, songea Loukas. Fragile comme un oiseau, avec des cheveux noirs lustrés, tressés en une grosse natte qui lui tombait dans le dos. Légèrement maquillée et habillée plus élégamment, elle aurait été franchement belle.

— Nous avons besoin de votre aide, Livia, dit Loukas.

— Dites-leur ce qu'ils veulent savoir, fit Horn.

— *Si, Senor.* (Elle leva le menton. Son joli visage était presque agressif maintenant.) Posez vos questions, *senor.*

— Un petit ami ? demanda Loukas.

— Je n'ai pas d'ami en particulier.

— Vous êtes allée en ville hier, dit Petersen. Pourquoi ?

— Acheter des vêtements.

— Un dimanche ?

— Non, ce matin.

— Qu'est-ce que vous avez acheté ?

— Rien ne m'allait. Je n'ai rien acheté.

Petersen se pencha en avant, un sourire engageant aux lèvres, le regard froid.

— Si vous n'avez pas passé votre temps à faire des courses, vous avez peut-être fait autre chose. Avec un homme.

— Vous me faites honte.

— Dites-nous son nom.

— Je n'étais avec personne. C'est la vérité.

— Vous êtes jolie fille, Livia, dit Loukas. Vous devez attirer pas mal de jeunes gens.

— Je n'ai pas grand-chose à voir avec les garçons.

— Et pourquoi ? demanda Petersen.

Ce fut à Loukas qu'elle s'adressa.

— Là d'où je viens, c'est un petit village de montagne, au nord de la capitale, les garçons sont polis et traitent les filles comme il faut avec respect.

— Les hommes sont pareils dans le monde entier, je suppose.

— Dans mon village, quand une fille ne veut pas des attentions d'un homme, ses désirs sont respectés. Ici, dans ce pays, qu'arrive-t-il aux jeunes gens ? Ils n'écoutent pas. Ils ne comprennent pas. Ils n'ont aucune fierté et se refusent à attendre qu'une fille leur dise oui. Alors je n'ai pas grand-chose à voir avec eux.

— Est-ce qu'il y a parmi eux un garçon qui se soit montré plus persistant que les autres ? demanda Loukas. Un qui soit venu ici pour vous voir ? Plus d'une fois, peut-être.

Elle s'humecta les lèvres.

— Comment s'appelle-t-il ? reprit Loukas.

— Je l'ai vu très rarement.

— Aujourd'hui ? A New York ?

— Non, non. Je n'ai vu personne aujourd'hui.

— Pourrait-il être venu ici ce matin ? Est-il possible qu'il vous ait cru ici et soit venu sans y être invité ? Qu'il ait attaqué M^me Horn ?

— Je ne sais pas. *Santa Madre de Dios.* Il est déjà venu ici sans me le dire avant. Il apparaît sans prévenir. Je ne sortirai pas avec lui. J'ai une responsabilité. Il vient toujours sans qu'on l'invite.

— Combien de fois ?

— Trois fois. Non, quatre.

— Il s'appelle ? demanda Loukas.

Elle tourna la tête vers Horn, mais ne put trouver aucun appui chez son patron qui avait les traits tirés.

— Jaime Olivera.

Petersen inscrivit le nom.

— Adresse ?

— Je ne sais pas.

— Vous mentez, dit Petersen.

Elle se mit à pleurer.

— Je ne mens pas. Le mari de la sœur de mon beau-frère le saurait. C'est chez lui que j'ai fait la connaissance de Jaime.

— Son nom et son adresse ?

— Il faut que je regarde dans mon carnet.

— Eh bien regardez.

Elle sortit précipitamment de la pièce.

— Vous êtes vraiment dur avec elle, dit Horn.

— Moins dur qu'Olivera l'a été avec votre femme, répliqua vivement Petersen.

*

A l'origine, la maison avait servi d'habitation aux fermiers du domaine Hellstrom. Ils cultivaient des oignons et il y avait un verger planté de pommiers. Cinquante ans plus tard, la propriété avait été divisée en parcelles de un ou deux hectares vendues à des particuliers qui voulaient construire. Le père de Loukas avait acheté le terrain sur lequel était bâtie la vieille ferme, seul bien qu'il ait légué à sa mort à son fils aîné, et qui représentait les fruits du travail de toute une vie. Le vieil homme avait commencé par s'occuper du transport de bois de chauffage dans un camion vétuste et délabré. Plus tard, il avait fait du porte à porte pour vendre des sacs de charbon. Plus tard encore, il avait vendu du mazout. Mais durant la Deuxième Guerre Mondiale, les affaires s'étaient ralenties et le vieux avait trouvé un emploi dans une épicerie fine italienne où il coupait la viande.

Peu après avoir hérité de la maison, Loukas commença à l'aménager. Il construisit un grand living-room, avec un plafond voûté, des baies allant du sol au plafond et une cheminée en pierre du pays. Il avait ensuite bâti un garage et lorsque Frances annonça qu'elle était enceinte, il se lança dans la construction d'une salle de jeux.

Loukas avait vingt-cinq ans à l'époque et gagnait sa vie en faisant divers boulots en ville. Mais l'arrivée imminente d'un enfant l'amena à réfléchir à sa situation. Il décida qu'il lui fallait assurer une plus grande sécurité à sa famille. Quand on annonça que l'on recrutait des policiers, il se présenta à l'examen et fut reçu. Six mois plus tard, il faisait un stage comme agent de la circulation. Trois semaines après, Mikis était né.

Mikis était un enfant superbe ; des joues lisses, une peau mate, des yeux presque noirs, des cheveux bruns et soyeux. Loukas regrettait que son père n'ait pas vécu assez longtemps pour voir ce rejeton, son premier petit-fils. Le vieux aurait bu de l'ouzo et aurait dit : « Un petit gars comme ça, cent pour cent grec, il descend des dieux. »

Loukas partageait cet avis, bien qu'il n'ait jamais exprimé cette opinion à haute voix. Il en vint à porter à cet enfant un amour si dévorant qu'il en était surpris et terrifié, car jamais encore il n'avait éprouvé de sentiment aussi violent pour un autre être humain. Quand il en avait le loisir, il échafaudait des plans pour l'avenir de son fils.

Un samedi après-midi, alors que Mikis était âgé de vingt mois, il commença à avoir de la fièvre. Loukas hésita à appeler un médecin, ne voulant pas en déranger un durant le week-end. Le dimanche soir, Mikis était congestionné, en nage, et pleurait constamment. Un docteur fut appelé et l'enfant hospitalisé. Mikis mourut le lendemain soir à neuf heures.

Les docteurs imputèrent la fièvre à un virus que les médicaments dont ils disposaient n'avaient pas réussi à neutraliser. Ils avaient fait tout ce qui était en leur pouvoir.

Durant près d'un an après la mort de Mikis, Frances n'adressa la parole à personne. Puis elle se mit à boire. Périodiquement, elle était prise de rages démentielles et accusait alors Loukas d'avoir tué leur fils, de n'avoir rien fait pour les protéger, elle et l'enfant.

Loukas attendait que ces crises disparaissent, que Frances redevienne normale. Ce ne fut jamais le cas. Une nuit, alors que Loukas dormait, Frances sortit du lit et, en chemise de nuit, traversa la plage et se jeta dans le Détroit de Long Island. Un pêcheur d'huîtres la trouva le lendemain matin, flottant à plat ventre dans l'eau.

*  *

Judith May sortit la Schwinn dix vitesses du garage et inspecta les pneus. Ils étaient gonflés. Elle avança dans l'allée de sa démarche gracieuse de femme agile et sportive. Elle s'apprêtait à se mettre en selle lorsque son mari sortit de la maison.

— Tu es vraiment obligée d'y aller ?

Il y avait une sorte d'incertitude dans cette voix ferme et unie.

— Je ne vois pas ce que tu veux dire.

Le visage fermé, la mâchoire agressive, elle avait le regard froid, et ses cheveux fauves flottaient sur ses épaules.

— A quoi ça rime ? dit Emmett, son beau visage crispé par la colère. Cette fois. Ça ne te ressemble pas, Judith. Qui sait à quoi ça peut mener ?

Elle haussa les sourcils. Une mimique que connaissaient bien tous ses fans, et qui la faisait sembler plus jeune, plus vulnérable. Le « May Look », comme disaient les magazines.

— Chéri, dit-elle, l'obscurité ne te sied point. Explique-toi si tu as quelque chose à dire.

— Bon Dieu, Judith, je refuse de jouer à ton petit jeu.

— C'est toi qui en as établi les règles il y a fort longtemps, mon chéri. Pourquoi jouer la surprise quand je te les impose ?

Il jura entre ses dents.

— Il faut que tu sois prudente. Nous sommes tous deux d'accord là-dessus. Il y a trop à perdre.

— Fais-moi confiance, chéri. Je suis d'une prudence de Sioux. Quoi que je fasse, je pense à toi aussi bien qu'à moi.

— Oui, fit-il d'un ton piteux. (Une fois de plus, il

avait l'impression d'avoir eu le dessous dans un combat, et sa défaite le déprimait. Pourquoi ne gagnait-il jamais?) Mais sois prudente, se crut-il obligé d'ajouter.

Il la regarda s'éloigner à force coups de pédales, prenant de la vitesse à mesure qu'elle descendait l'allée. Il imagina les jambes de Judith sous le pantalon écossais qu'elle portait. Des jambes superbes, fuselées, musclées. Il avait toujours aimé ses jambes.

Il pénétra dans le garage, se dirigea vers la Porshe noire étincelante, puis se ravisa. Le break Datsun attirerait moins l'attention. Il mit des lunettes noires et une casquette en daim avant de lancer le moteur.

Il roula sans se presser jusqu'au Aspetuck Reservoir, se gara et attendit, le regard fixé sur l'eau tranquille. Au bout d'un moment, il consulta sa Rollex. Jeanine Stafford était en général en retard à chacun de leurs rendez-vous. Comme si elle éprouvait une satisfaction accrue à le faire poireauter. C'était par pure perversité qu'elle était en retard. Tout comme Emmett, Jeanine vivait à Arcadia depuis des années. Sa fille, Belle, poursuivait ses études au lycée, comme un des enfants d'Emmett. Jeanine connaissait bien le pays, les routes, la densité de la circulation. Et elle savait combien de temps il fallait pour se rendre d'un point à un autre.

Emmett tapota le volant d'une main impatiente et scruta le ciel.

Une voiture s'arrêta à hauteur de la sienne. C'était Jeanine. Il attendit, dans l'espoir qu'elle viendrait jusqu'à lui cette fois. Elle demeura à son volant, le visage détourné. Il savait par expérience que c'était une femme incroyablement déterminée. Il descendit de la Datsun et se dirigea vers elle.

— Salut, Jeanine.

— Il y a longtemps que tu attends, Emmett ?

Toujours en retard et toujours la même question ironique. Il supposa que c'était sa façon de le manipuler, de le garder à sa merci... Il songea alors que les femmes l'avaient toujours mené par le bout du nez, à commencer par sa mère. Un jour il lui faudrait prendre sa revanche contre elles, avoir le dessus. Il sortit de la poche de sa veste une enveloppe blanche cachetée.

— Voilà, Jeanine.

Elle mit l'enveloppe dans son sac.

— Merci, Emmett.

Il se racla la gorge.

— Tu sais, Jeanine, il va bien falloir que ça s'arrête un jour.

Elle eut un sourire sans chaleur, sans joie.

— Ça peut durer éternellement, Emmett. Et ça durera.

— Toi, alors, comme garce !

— Dis donc, Emmett, fais attention à la façon dont tu me parles. Je sais ce que tu es, Emmett. Je le sais, et ça n'est pas bien joli. Pas joli du tout. Quel effet ça aurait sur ta précieuse carrière si on savait ? Il n'y a pas beaucoup d'annonceurs qui voudraient être représentés à la télévision par un homme de ton espèce. Alors, fais attention à la façon dont tu me parles, Emmett.

Elle fit démarrer son moteur.

— Et si j'arrêtais mes versements, tout simplement ?

44

— Tu veux dire arbitrairement ? Sans mon consentement ? Pourquoi ferais-tu une chose aussi dangereuse pour toi ? C'est toi qui en pâtirais en premier.

— Ça n'est pas sûr.

— Je ne sais pas à quoi tu penses, Emmett, mais à ta place je laisserais tomber. Je suis une femme prudente et beaucoup plus maligne que tu n'imagines. De toute façon, Emmett, l'argent que tu me verses, c'est de la broutille pour un homme dans ta position.

Il attendit qu'elle ait disparu à sa vue avant de remonter dans la Datsun. Sur le chemin du retour, il se mit soudain à chanter. Après tout, la situation aurait pu être pire. Malgré Jeanine, il était un homme comblé. Il avait tout ce qu'il voulait, bon Dieu !

*

Petite, bien proportionnée, un visage aux traits aristocratiques, Pauline Fellows avait des yeux brillants et une bouche un peu trop charnue, un peu trop sensuelle à son goût. Elle en corrigeait la courbe avec son rouge à lèvres et avait soin de toujours présenter d'elle-même l'image correcte d'une maîtresse de maison raffinée, bien élevée et cultivée.

Elle était en train de lire tout en buvant son café dans une tasse de fine porcelaine blanche quand la Mercedes émergea dans l'allée. Incapable de poursuivre sa lecture, elle garda néanmoins les yeux fixés sur son livre lorsqu'il apparut.

— Qu'est-ce que tu lis ? commença-t-il.

Elle ferma le livre.

— Un critique d'art.

— La critique d'art est une littérature emmerdante et prétentieuse. Il n'y a pas eu de peintres valables depuis les Impressionistes.

— Est-ce vraiment ton opinion, Victor, ou bien quelque chose que tu as entendu dire ?

— C'est agréable de savoir que votre femme a de vous une si haute opinion.

— Il n'existe pas une seule bonne galerie à Arcadia. Ou dans tout le comté, d'ailleurs. J'ai l'intention de remédier à cette carence. Je veux ouvrir ma propre galerie ici même.

— Une galerie coûte cher, Pauline, et nous ne sommes pas riches.

— Beaucoup de gens ne seraient pas d'accord sur ce point. D'ailleurs, ça ne coûtera pas grand-chose. J'ai trouvé la solution idéale. Ici. Dans cette maison. L'entrée. Le living-room. La salle à manger. Tout ce qui manque, c'est quelques spots installés au plafond.

— Tu ne parles pas sérieusement.

— Tout à fait sérieusement.

— Tu veux transformer notre foyer en affaire commerciale, inviter des inconnus ici ? Voyons, ça n'est pas sérieux.

— J'ai déjà pris certaines dispositions. A moins que tu ne sois prêt à louer ailleurs pour moi un local convenable. N'oublie pas, Victor, malgré le mépris que tu affiches pour le commerce, tu aimes gagner de l'argent. Et cette entreprise pourrait fort bien être extrêmement rentable.

— Nous continuerons cette conversation une autre fois.

— Non, fit-elle d'un ton catégorique qui le surprit. Ma décision est prise.

— Voyons, Pauline, je n'ai pas épousé une femme d'affaires.

— Tu finiras peut-être par y prendre plaisir.

— J'en doute. As-tu pensé à James ? Comment réagira-t-il ?

— James s'amusera probablement beaucoup.

— Comment ? En faisant la connaissance d'un peintre pédé ?

— C'est ça qui te tracasse ? N'aie crainte, mon cher époux. La plupart des peintres ont bien d'autres préoccupations en tête. Et ceux que j'ai rencontrés sont dangereusement hétérosexuels. Tu ferais mieux de te faire du souci pour moi plutôt que pour James.

— Ton sens de l'humour laisse beaucoup à désirer.

Elle haussa les épaules, les yeux brillants, attentifs.

— Restons-en là, dit-il. J'ai promis de conduire James au terrain de sport. Ça fait une très mauvaise impression quand un joueur est en retard le premier jour de l'entraînement.

Pauline fronça les sourcils.

— Je voulais justement en discuter avec toi. James n'a pas envie de jouer au football.

— Ridicule, dit-il, puis il sortit de la pièce.

Fellows trouva James dans sa chambre en train de lire un livre. C'était un garçon dégingandé avec des cheveux jaunes et des yeux délavés. Il avait de longs doigts effilés, des traits mous, un teint blafard.

— Il est temps d'y aller, fils, commença Fellows. Qu'est-ce que tu lis ?

— Une biographie.

— De qui ?

— De Lord Byron.

Fellows fronça les sourcils.

— Tu es prêt ?

James se leva, l'air mal à l'aise, emprunté dans sa tenue de joueur de football.

— Oui, monsieur, dit-il.

Ils gagnèrent Governor's Field. Tous les jeunes garçons étaient en train de s'échauffer ; ils attrapaient le ballon, l'expédiaient à coups de pied. Sept types costauds, en bras de chemise malgré la fraîcheur de l'air, circulaient parmi eux, supervisant leurs activités.

James descendit de la Mercedes.

— Il vaut mieux que vous me laissiez ici.

— Présente-toi à Burleigh, l'entraîneur. Je lui ai parlé de toi.

— Bien, monsieur.

— Fais attention aux conseils des entraîneurs. Ils connaissent leur métier.

— D'accord, Père.

— Et rappelle-toi une chose, James.

— Oui, Père ?

— Fonce toujours dans le tas.

*

Belle Stafford n'avait rien de juvénile. A quinze ans, sa silhouette plate semblait tassée sur elle-même, lasse et son visage était renfrogné, méfiant, comme si elle voyait le monde à travers un voile d'amertume.

Belle avait appris que seuls les actes comptaient

ici-bas. Les bonnes intentions, les promesses de récompenses à venir, les plaisirs prévus pour quelque période indéfinie étaient dénués de signification. Seul le présent importait.

Dans le parking situé derrière le lycée, elle attendait. Sans rien éprouver. Ni crainte ni plaisir anticipé. Elle ferait ce qu'il fallait faire. Dans tout cela, il y avait une sorte d'attrait pervers, reconnaissait-elle à contrecœur. Peut-être même serait-ce amusant.

Jeanine aurait eu une attaque si elle avait été au courant, mais ça, c'était son problème. Comme toutes les mères, Jeanine s'inquiétait du qu'en dira-t-on, de la précieuse réputation de sa fille. S'inquiéter, c'était ce que Jeanine réussissait le mieux. A part piquer des crises de rage.

Belle jeta un coup d'œil en direction du lycée. Où était Arthur Slater ? Dans la salle de gymnastique, supposa-t-elle. Le professeur était obsédé par son corps, qu'il développait au point de lui donner des proportions grotesques. Son torse était rond et solide, ses épaules bardées de muscles, ses bras robustes. Arthur Slater n'avait pas un physique séduisant ; en maillot de bain, il devait sembler difforme, mal à l'aise. Belle se demandait néanmoins l'impression qu'on pouvait éprouver en se trouvant seule avec lui dans une chambre à coucher. Sans vêtements. Écrasée par ce corps puissant, captive de ces bras musclés. Arthur Slater pouvait sans doute faire mal à une fille sans même le vouloir. Cette idée fit frissonner Belle. Elle supportait mal la souffrance.

C'était une des raisons pour lesquelles elle préférait les hommes plus âgés. Ils savaient se montrer doux, attentifs, et savaient donner du plaisir à une fille.

Une voiture se gara dans un espace libre non loin de l'endroit où elle se trouvait. Une vieille Ford qui avait grand besoin d'être lavée. Ralph Burleigh, veilleur de nuit du lycée, en descendit. Il la salua de la main et lui sourit gentiment avant d'entrer dans l'Immeuble Administratif.

Que pouvait bien faire un veilleur la nuit durant dans une école vide ? Ce genre de travail lui aurait flanqué la frousse. Peut-être avait-il une petite amie qui venait le voir ? Elle prenait plaisir à imaginer des gens en train de faire l'amour dans une salle de classe. Sur le bureau du professeur. Elle sentit s'éveiller en elle un nouvel intérêt pour Ralph Burleigh. Que ferait-il si elle s'amenait un soir à l'improviste ? Ça risquait d'être amusant. Il était beau garçon dans le genre honnête, emprunté. Et timide. Belle n'avait jamais vu un homme aussi timide.

Arthur Slater sortit de l'école. C'était un homme trapu, épais, dont les bras courts se balançaient maladroitement, écartés de son corps. Il avançait de la démarche dandinante d'un canard, comme s'il avait eu les pieds plats.

En le voyant, Belle se redressa, lissa sa jupe sur ses hanches. Elle se plaça sur son chemin.

— Salut, monsieur Slater.

Il l'examina d'un bref regard.

— Miss Stafford, n'est-ce pas ? Que faites-vous ici si tard ?

— J'étudiais dans la bibliothèque, répondit-elle en minaudant.

— Ça m'étonnerait. Ce n'est pas votre genre, d'étudier.

— Oh, Seigneur, fit-elle d'une voix traînante en effleurant ses cheveux. Et pourtant j'essaye, monsieur Slater.

Inclinant la tête, il se dirigea vers une Volvo verte, les clefs à la main.

— C'est votre voiture, monsieur Slater? Vous avez une Volvo? C'est chouette!

— Ne vous laissez pas impressionner, Miss Stafford. Je l'ai achetée d'occasion et je l'ai depuis plus de cinq ans.

— Je ne suis jamais montée dans une Volvo.

Il se retourna, la gratifia d'un regard sceptique.

— Qu'est-ce que vous cherchez, Miss Stafford?

— Ce que je cherche, monsieur Slater? Que voulez-vous dire? Je serais ravie que vous me rameniez chez moi, si ça ne vous dérange pas.

Slater hésita.

— Très bien. Il faudra me montrer le chemin.

— Mais certainement!

Elle s'accota à la portière, face à lui, ses jupes retroussées aussi haut qu'elle l'osait. Elle croisa les jambes et vit les yeux de Slater se tourner brièvement dans cette direction, puis se détourner. Prudence, s'exhorta-t-elle. Mais pas au point qu'il ne comprenne pas ce qu'elle avait en tête.

Elle lui posa une main sur le bras. Il était dur comme de la pierre, incroyablement épais. Elle exerça une pression. D'une secousse, il lui fit lâcher prise.

— Écartez-vous, ordonna-t-il avec une autorité surprenante.

Elle obtempéra, apeurée brusquement. Mais pas au point de renoncer à son projet.

— Je pourrais être une fille formidable pour un type comme vous, monsieur Slater. Laissez-moi vous dire ce que je ferais...

— Vous êtes une enfant. Vous racontez n'importe quoi. Maintenant restez tranquille et conduisez-vous correctement, sinon je vous fais descendre de la voiture.

Elle se laissa de nouveau aller contre la portière, l'air boudeur. Persuadée qu'elle serait acceptée, elle en avait eu envie. Elle ne pouvait se permettre d'échouer. En plus, il aurait été son premier professeur, et cette idée l'avait excitée. Mais maintenant ? Et s'il la signalait à la directrice ? Ou se plaignait à Jeanine ?

— Monsieur Slater, dit-elle, sincèrement, j'ai honte. L'idée d'échouer me désole. Et j'étais si près de vous que je n'ai pas pu résister. Vous comprenez, n'est-ce pas ?

— Changeons de sujet.

Arrivé au domicile de la fille, il contourna la maison, stoppa devant la porte de la cuisine. Elle ouvrit la portière, se retourna vers lui.

— Pardonnez-moi, monsieur Slater.

— On n'en parle plus.

— Vous êtes un homme compréhensif. Et je vais travailler davantage. Je vous le promets.

Il redémarra et elle pénétra dans la maison. Jeanine attendait, à la fenêtre de la cuisine. Tout le portrait de sa fille en plus âgée, elle avait une bouche boudeuse, une moue puérile.

— Qui était cet homme ? demanda-t-elle aussitôt.
A qui appartient cette voiture ?

— Maman, commence pas...

— Avec qui fricotes-tu ? Qui était ce garçon ?

— Un adulte, maman. C'est un de mes professeurs.

— Mais bon Dieu, tu n'apprendras donc jamais ?
hurla soudain Jeanine. Tu vas démolir tout ce que j'ai
fait ! Tout !

Belle prit un air renfrogné.

— Et moi alors, maman ? Je n'ai pas participé
aussi ? Un peu ?

Jeanine se sentit soudain les jambes molles. Elle
s'assit, scrutant sa fille d'un regard apeuré.

— Oh, maman, dit Belle en enlaçant sa mère,
c'était simplement M. Slater, mon professeur. Il m'a
ramenée à la maison ; c'est tout.

Jeanine tenait Belle étroitement serrée contre elle,
et s'efforçait de ne pas pleurer. Elles se ressemblaient
tellement, songea-t-elle. Telle mère, telle fille.

# CHAPITRE IV

Loukas et Petersen se trouvaient dans le Bureau des Inspecteurs en train d'étudier le rapport du médecin légiste.

— Parfait, dit Petersen. Posner confirme le viol. Tissus déchirés, saignements, quelques poils de pubis d'homme sur elle. Nous étions déjà arrivés à cette conclusion.

— Abner ne peut que s'en tenir aux faits.

— Nous sommes en train d'établir un chouette dossier. Rapports d'autopsie, mensurations, interrogatoires. Mais pas de suspect. Tu as une théorie, Theo ?

— Non, aucune.

— Je suis de l'avis du Capitaine Henderson. C'est Jaime Olivera qui a fait le coup.

— Qu'est-ce qui te fait croire ça ?

— C'est évident. Jaime s'est amené tout excité pour voir Livia. Elle n'est pas là et il trouve M^{me} Horn seule chez elle. Il en veut salement, il se dit que n'importe quelle nana fera l'affaire. Il lui saute dessus. Elle résiste, il insiste. Elle se dégage et file. Il lui court après, la jette à terre près de la piscine. Elle se débat et il lui flanque une pêche, lui fait son affaire. Après, terrifié à l'idée qu'elle va le dénoncer, il l'achève.

— Moi, à sa place, commenta Loukas d'un air pensif, j'aurais raflé sa montre, un peu de liquide, une télé portative, n'importe quoi pour faire croire à un cambriolage. Un truc conséquent pour égarer la police.

— Il avait trop la trouille pour réfléchir.

— Possible.

— Ça tient debout, Theo. J'en suis sûr.

Loukas, quant à lui, n'était sûr de rien. Ni en tant qu'homme, ni en tant que policier. Autrefois, il avait été sûr de bien des choses, plein d'assurance, voire même légèrement prétentieux. Mais plus à présent. Maintenant, chaque jour se présentait comme une question attendant une réponse.

Le téléphone sonna et Loukas décrocha.

— Merci, dit-il après avoir écouté un instant et il raccrocha. (Posant les pieds à terre, il se tourna vers Petersen.) Allons faire un petit tour. En ville.

— A New York ! A cette heure-ci ?

— Ne viens pas si tu n'en as pas envie. (Il demeura impassible tout en se dirigeant vers la porte.) Ils ont ramassé Jaime Olivera.

*

Le sous-sol du commissariat sentait l'urine et le déguculi. Un policier bouffi de graisse au teint d'hépatique introduisit Loukas et Petersen dans la cellule de détention, et se hâta de retourner à son bureau pour se replonger dans la lecture de *Playboy*.

Jaime Olivera était assis par terre, les jambes tendues, les yeux fermés, les bras croisés sur la poitrine. Loukas lui donna dans les vingt et quelques années. Le corps musclé, il avait une ombre de moustache et une épaisse crinière noire. Un muscle tressaillait à sa mâchoire, mais par ailleurs il restait parfaitement immobile.

— Je suis le sergent Loukas et voici l'Inspecteur Petersen. Nous appartenons à la police d'Arcadia, Jaime.

Jaime ne broncha pas.

Loukas s'accroupit sur les talons. L'attitude affichée par Jaime trahissait plus de défi que d'insolence. Jaime Olivera avait peur, estima Loukas.

— Tu es déjà allé en taule combien de fois, Jaime ? demanda Loukas.

— Merde.

Petersen récita son casier judiciaire :

— Deux interpellations pour vol avec effraction, un non-lieu, et une condamnation à trois ans. Ramassé deux fois pour infraction des règlements sur le jeu, et deux affaires de drogue.

— Bon, dit Jaime. J'ai fait de la taule à Almira. Mais rien d'autre. Pour le reste, il y a eu non-lieu. J'ai jamais rien fait. Et maintenant 'j'ai rien à me reprocher. Vous êtes d'où, vous autres ?

— D'Arcadia.

— Où c'est, ça ?

— Pas loin d'ici, répondit Loukas. Dans le Connecticut.

Jaime secoua la tête.

— Connais pas.

Loukas se redressa.

— Très bien, Jaime. Assez plaisanté comme ça. Livia t'a identifié pour nous. Tu veux nous parler ici ou à Arcadia ? Les paperasseries prendront deux jours. D'ici là, tu peux rester au trou. Qu'est-ce que tu préfères ?

Jaime jura en espagnol. Puis il haussa les épaules, enchaîna en anglais :

— Bon, d'accord, je suis allé voir cette môme une ou deux fois. Il s'est rien passé. Vous avez ma parole.

— Combien de fois ?

— Je tiens pas de compte. Trois, peut-être. C'est ça, trois. La vraie pécore, cette conne. Elle la met de côté, vous voyez le genre. Comme si elle risquait de l'user en s'en servant.

— Quand es-tu allé pour la dernière fois à Arcadia ? demanda Loukas.

Jaime haussa les épaules.

— Une semaine, peut-être deux.

— Hier, dit Petersen.

— Non.

— Hier, insista Petersen.

— Bon. Peut-être hier. Je ne sais pas. Qu'est-ce que ça change, que ce soit hier ? D'ailleurs, la môme, elle était pas là. Vous vous rendez compte, je me tape tout le trajet jusque là-bas, et elle vient en ville. Une vraie conne.

— C'est M<sup>me</sup> Horn qui te l'a dit ?

— Qui ça ?

— M<sup>me</sup> Horn. La dame chez qui travaille Livia.

— Ouais, ça doit être ça. Elle m'a dit : « Livia est pas là ; elle est allée à New York. » Alors je me suis barré.

— Il était quelle heure, Jaime ?

— Je sais pas. Bon Dieu, l'heure, je m'en tape, moi, vous pigez ? (Il exhiba ses poignets.) J'ai même pas de montre, regardez !

— C'était le matin ? demanda Loukas.

— Je crois, oui.

— Tôt ?

— Ouais, assez tôt.

— Vers huit heures ?

— Peut-être bien.

— Quel train as-tu pris ?

— Le train ! J'ai pas pris le train. J'ai fait du stop. Un poids lourd ; le gars m'a posé sur l'autoroute, au péage.

— Et ensuite, qu'est-ce que tu as fait ?

— J'ai attendu qu'il fasse jour. Il y a une gare dans le coin. Je suis allé au bistrot boire un café.

— On vérifiera, Jaime, dit Petersen.

— Comment es-tu allé jusqu'à Arcadia ? demanda Loukas.

— A pied. Y a pas un salopard qui s'est arrêté pour me prendre. Pourquoi vous demandez tout ça ? Je vous dis que j'ai rien fait.

— Elle t'a plu, M<sup>me</sup> Horn ? demanda Loukas.

— Comment ça, si elle m'a plu ? Je lui ai juste dit un ou deux mots.

— Jolie femme, tu ne trouves pas ?

— Dites donc, qu'est-ce qui se passe ? Vous faites un peu le mac sur les bords ? ajouta-t-il avec un rire rauque.

— Tu as essayé de la peloter, pas vrai, Jaime ?

— Ho, vous êtes dingue, non ?

— Elle t'a repoussé. Tu t'es précipité sur elle et elle s'est enfuie. Qu'est-ce que tu as fait alors ?

— Hé, minute, je me suis même pas approché de cette gonzesse !

— Tu l'as rattrapée, poursuivit Petersen. Tu l'as flanquée par terre, tabassée pour la faire taire. Et après tu l'as sautée. Comment c'était, Jaime ? La baisette, c'était bon ?

Jaime tourna les yeux vers Loukas.

— Dites, votre collègue, il débloque, vous savez ! Je sais pas de quoi il parle. Je le jure sur la tombe de ma mère.

— On t'a vu en train de filer, dit Loukas.

Brusquement effondré, Jaime se tassa sur lui-même, le visage décomposé.

— Seigneur Dieu ! C'est pas moi. Je l'ai même pas touchée. Il faut me croire.

— Raconte-nous.

— Comme je vous ai dit, je cherchais Livia. J'ai fait le tour de la maison, pensant qu'elle était dans la cuisine. C'est à ce moment-là que j'ai repéré le macchabée.

— M<sup>me</sup> Horn ?

— Peut-être bien. C'est la première fois que je la voyais. Près de la piscine.

— Comment était-elle ?

— J'ai pensé qu'elle était morte. Elle avait été salement tabassée. Sa robe était retroussée et ses jambes écartées. Écoutez, je suis pas con, quand même. J'ai bien vu ce qui s'était passé et me suis tiré vite fait bien fait. Bon Dieu, vous croyez que je savais pas ce qui allait arriver si les flics trouvaient un espingouin dans les parages ?

— Tiens, à d'autres, dit Petersen.

Jaime était affolé.

— Je le jure, dit-il.

Loukas tapa contre les barreaux de la cellule.

— Vous nous laissez sortir ? dit-il au policier de garde ? (Il baissa les yeux vers Jaime.) Tu as un sérieux problème sur les bras, Jaime. Réfléchis bien. Il y a peut-être autre chose dont tu vas te souvenir. Auquel cas, le policier ici présent saura où nous joindre. Jusque-là, tu restes où tu es.

*

Bookman, les yeux fermés, était étendu sur le dos. Une sensation de bien-être se répandait dans tout son corps. Bien au chaud, somnolant, il se sentait en paix.

Enid Keyes était furieuse de n'avoir pas réussi à séduire le bon praticien. A cinquante dollars la séance, elle aurait bien voulu en avoir pour son argent. Aussi avait-elle décidé de passer aux actes.

Bookman évoquait paresseusement la façon dont s'était terminée la séance de la veille lorsqu'elle s'était brusquement agenouillée devant lui et avait plongé sur sa braguette.

Il frissonna et essaya de se lever.

— Vous commettez une erreur, madame Keyes.

Elle fit coulisser la fermeture à glissière.

Il plaqua une main sur la tête de la femme comme pour la retenir.

Elle fit jaillir du pantalon le membre roidi qu'elle prit un instant dans sa bouche avant de le remettre en place et de refermer la braguette.

— Qu'est-ce que vous faites ? demanda-t-il, consterné.

— C'était juste une petite démonstration. Demain. Je louerai une chambre dans un motel pour nous demain. Une heure, ça vous va ?

— J'ai un rendez-vous à cette heure-là.

— Un patient ?

— Je joue au golf.

— Annulez.

— Eh bien...

— J'indiquerai à votre répondeur automatique le nom du motel. Je ne donnerai pas mon vrai nom. Ça ne sera pas excitant ?

— Essayez le Yankee Drive. Il est très bien.

— Docteur, vous êtes un petit coquin !

Lorsqu'il était arrivé au motel ce jour-là, elle l'attendait, nue et impatiente.

*

Loukas prit le Hutchinson River Parkway, puis le Merritt Parkway pour rentrer. Le trajet était plus long, mais plus joli et on économisait ainsi quarante-cinq *cents* de péage. Il se sentait vidé, sans énergie et son estomac le faisait souffrir de nouveau.

— Qu'est-ce que tu en penses ? demanda Petersen.

— De Jaime ? Pas grand-chose.

— Ça pourrait être lui.

— Peut-être.

— Combien de temps ils vont le garder au frigo ?

— Le lieutenant de service va essayer de pressurer le môme pour l'obliger à se mettre à table. Mais il devrait normalement être relâché d'ici demain matin.

— On pourrait l'inculper. Il a un casier chargé et

on sait qu'il est allé là-bas. Pour un peu qu'on fasse une petite enquête, on va découvrir qu'il a déjà été impliqué dans une affaire de mœurs.

— Pas officiellement.

— La femme Felton va peut-être l'identifier formellement.

— Elle n'est même pas sûre d'avoir vu quelqu'un. Moi, j'ai dans l'idée que Jaime n'est pas le gars qu'on recherche.

— Je n'arrête pas de penser à M^{me} Horn, reprit Petersen au bout d'un moment. D'après certains gars, il y a des gonzesses qui aiment bien être bousculées, et le viol, en réalité, ça n'existe pas.

— On croirait entendre Henderson.

A neuf heures un quart le lendemain matin, le Capitaine John Henderson pénétra dans le bureau. Son long visage informe était tiré, morose.

— Nom de Dieu, fit-il. Wakeman m'a fait chier toute la matinée. Il veut de l'action. Il ne comprend pas que ces trucs-là, ça prend du temps.

Petersen se mit à rire.

— Les gens dans cette ville n'aiment pas la violence, les meurtres.

— Ils sont venus s'installer ici justement pour échapper à ça, dit Loukas. On ne peut pas le leur reprocher.

— Et Olivera, au fait ? demanda le Capitaine.

— Il dit qu'il est venu pour voir la bonne, qu'il a découvert le cadavre et qu'il a filé.

— C'est lui qui a fait le coup, assura Henderson. Mon instinct me le dit.

— C'est aussi mon avis, dit Petersen.

— Il faut extrader ce salopard, dit Henderson.

— Comme vous voudrez, John, dit Loukas. (Le téléphone sonna ; il décrocha et prononça son nom.) D'accord, reprit-il au bout d'un moment. On arrive.

— Qu'est-ce qu'il y a ? demanda Henderson.

— A moins qu'Olivera n'ait été relâché rapidos, votre instinct vous a gouré, dit Loukas.

— Qui a dit ça ?

Loukas posa la main sur le téléphone :

— On remet ça.

— Un autre viol ?

— Suivi de meurtre.

# CHAPITRE V

La maison était une imitation du style chalet avec des fenêtres à volets rouges. Six chambres à coucher, une salle de jeu, un living-room, un bureau, et un vaste sous-sol. Située à proximité de Rock Ledge Place en retrait de la route, elle était protégée des regards par une haie de grands cyprès.

Loukas contourna la propriété sans se presser, débouchant pour finir sur le terre-plein en fer à cheval devant la façade. Une Chrysler bleue s'engagea dans l'allée : Abner Posner. Le médecin légiste en descendit, en tripotant son long nez.

— Les affaires reprennent, on dirait, Theo, lança-t-il.

— On s'en passerait bien.

— A quoi ça ressemble, cette fois ?

— A toi de me le dire, c'est toi le médecin.

— Tu as examiné le corps ?

— Je l'ai vu, oui.

Posner exhiba ses grandes dents en un sourire sans joie.

— Je n'arrête pas de te le répéter, le travail de

policier n'est pas fait pour un homme aussi sensible
que toi.

— Va examiner le corps, Abner. Épargne-moi tes
commentaires.

— Ils sont gratuits, Theo. Montre-moi où elle est.

— A l'intérieur. Dans l'escalier. Quel endroit,
vraiment, pour y passer ! Sur les marches...

— Un peu de fantaisie donne plus d'attrait à la
vie.

Posner pénétra dans la maison d'où Petersen sortit
quelques minutes plus tard.

— Il y a un môme en haut, Theo.

— Je sais.

— Pas plus de six mois. Il ne s'est même pas
réveillé.

— Et le gars qui l'a trouvée ?

— Il est dans la salle de jeu, comme tu avais dit,
Theo. J'ai demandé à Carl de le surveiller.

— Allons-y.

C'était un grand type sec, au visage étroit et
anguleux, aux lourdes paupières. Assis dans un
fauteuil à bascule, il avait la tête rentrée entre ses
épaules maigres et pointues.

— Je suis le sergent Loukas.

L'homme leva les yeux à contrecœur.

— Terrible, dit-il. C'est terrible.

Il avait une voix sucrée, enjôleuse. Loukas fut
instantanément pris d'aversion pour ce type.

— Quelle heure était-il quand vous avez découvert le corps ?

— Je ne peux pas dire exactement. Je devais venir
ici à neuf heures et il devait être neuf heures cinq au
plus.

65

— Comment vous appelez-vous ?

L'homme plissa le visage.

— Blau. August Blau. Allemand, naturellement. Appelez-moi Augie, je vous en prie. Je déteste qu'on m'appelle Gus.

— Vous avez une famille ? intervint Petersen.

— Une femme, vous voulez dire ? Absolument. Ça vous étonne ? Eh bien, je comprends pourquoi. Vous devez penser qu'un homme ayant ma mentalité aurait hésité à se marier. Oh, on découvre tant de choses sur les femmes dans le genre de travail que je fais.

— Parlons un peu de votre travail, Monsieur Blau, dit Loukas.

— Augie, je vous en prie. Je fais du nettoyage à domicile. Toutes ces créatures sales, fainéantes. Je leur permets de vivre dans des maisons propres, ordonnées dont leurs maris peuvent être fiers. Elles pourraient manger par terre, si elles voulaient, quand j'en ai terminé.

— Combien de temps êtes-vous resté seul ici avec M<sup>me</sup> Spratt ? demanda Loukas.

— Combien de temps ?

— Ce matin.

— Je n'étais pas seul avec elle. Pas aujourd'hui, en tout cas. Je vous ai dit qu'elle était là, dans l'escalier. Comme ça. Quand je suis arrivé. Oh, pourquoi est-ce que je perds mon temps à vous parler, d'ailleurs ? J'ai une maison à nettoyer.

Petersen retint un petit rire.

— Ne vous inquiétez pas pour ça, Augie. Personne n'ira se plaindre si vous ne faites pas le ménage aujourd'hui.

— Avez-vous repéré quelqu'un aux environs de la maison en arrivant ici ? demanda Loukas.

— Personne. Je suis très observateur.

— Une voiture, peut-être ? Ou un bruit de moteur ?

— Rien.

Loukas se racla la gorge.

— Quand avez-vous nettoyé pour la dernière fois la maison Horn, Augie ?

— Horn ?

— Oui, dit Petersen. A Pond Ridge Road.

L'homme secoua la tête d'un air mélancolique.

— Ils ne font pas partie de mes clients. Sinon, je m'en rappellerais.

Abner Posner passa la tête à la porte.

— Theo, il y a quelqu'un qui s'en ait vraiment payé une tranche. Celle-ci est encore plus chouette que la précédente.

— Violée ?

— Tu recevras le rapport officiel. Mais à première vue, je dirais oui. Tu sais quoi, Theo ?

— Quoi ?

— Je crois que tu as vraiment affaire à un dingue, un fou furieux.

# CHAPITRE VI

Loukas appuya sur le timbre. Russell Spratt lui ouvrit la porte et lui fit signe d'entrer. Loukas entendit un bébé qui pleurait quelque part dans la maison.

— Ma mère est venue s'occuper de l'enfant, dit Spratt. Il sent qu'il s'est passé quelque chose, je crois. J'étais en train de boire du café. Puis-je vous en offrir une tasse, sergent Loukas ?

— Merci.

Ils gagnèrent la cuisine.

— Vous m'avez dit de vous appeler si je pensais à quoi que ce soit, dit Spratt. Vous prenez du lait ? Du sucre ?

— Merci, nature.

La tasse était un objet solide, rassurant entre ses mains qui réchauffait ses doigts encore engourdis.

— C'est drôle, sans intérêt peut-être, dit Spratt, les lèvres crispées. Une petite chose, mais j'ai préféré ne pas prendre de risques.

— On ne peut jamais savoir à l'avance ce qui risque d'être utile.

— Oui.

Le visage hérissé de barbe de Spratt sembla se décomposer et ses yeux s'emplirent de larmes.

— Si vous me disiez de quoi vous voulez me parler...

Spratt s'essuya les yeux, esquissa un geste.

— Là, vous voyez. Exactement comme c'était quand je suis rentré à la maison l'autre jour. Rien n'a été touché. Rien. Je n'ai même pas pu me décider à aller dans la cuisine avant ce matin.

— Vous feriez mieux de m'expliquer, monsieur Spratt.

— Les sacs en papier, ils contenaient la commande.

Sur le buffet en formica à côté du réchaud, quatre ou cinq sacs en papier marron étaient soigneusement pliés et empilés.

— La commande ?

— Nous attendions des gens à dîner ce soir-là, le jour où c'est arrivé. Deux autres couples. Harvey Julian et Lenny Lindner, avec leurs femmes. Très gentils. Charlotte avait fait une liste de ce qu'il lui fallait et l'avait téléphonée la veille.

— Parlez-moi des sacs.

— Charlotte s'en servait pour les ordures, voyez-vous. Quelquefois ils étaient détrempés par une sauce ou un reste de salade et quand je les portais à la poubelle dans le garage, ils s'éventraient. Ça m'exaspérait et je lui criais après, quelquefois, quand ça arrivait ? Qu'est-ce que ça pouvait bien faire ? C'était quand même pas une raison pour se mettre en colère, non ? hein ?

— Les sacs ?

— Eh bien, justement. Charlotte ne les rangeait

jamais sur le buffet comme ça. Ma femme est... était très maniaque. Vous voyez bien à quel point tout est propre et rangé.

— Oui.

— Les sacs devraient être sous l'évier, dans le placard sous l'évier. Facile d'accès quand on en avait besoin. Tout le monde savait où ils étaient.

Loukas examina les sacs. Ils n'avaient rien d'extraordinaire. De simples sacs en papier brun comme on s'en servait dans toutes les épiceries, tous les supermarchés.

— Votre femme a peut-être déballé les provisions et plié les sacs avec l'intention de les mettre dans le placard. Quelque chose l'a interrompue.

— Je ne pense pas. Vous comprenez, elle avait une place pour chaque chose. (Il ouvrit le réfrigérateur.) Là, vous voyez !

Loukas ne remarqua rien de spécial et le dit.

— C'est le lait. Charlotte ne rangeait jamais les cartons de lait dans la porte du frigo. Elle y mettait les jus de fruit, pas le lait. Il y a deux cartons dans la porte.

— Il n'y a plus de place sur la clayette du dessus.

— Si, si, affirma Spratt qui s'énervait. De toute façon, quand ça arrivait, Charlotte mettait le carton de lait couché sur la tranche à l'étage d'en dessous. Toujours.

— Quelle conclusion en tirez-vous, monsieur Spratt ?

— Quelqu'un d'autre que Charlotte a rangé les provisions, quelqu'un d'autre a plié les sacs. Celui qui a fait ça voulait faire croire que c'était Charlotte. C'est l'homme qui a tué ma femme.

— Pourquoi se serait-il donné tout ce mal ?

— J'y ai beaucoup réfléchi et finalement j'ai trouvé. (Une expression de triomphe se peignit sur ses traits bouffis.) Je sais qui est l'assassin.

— Qui donc, monsieur Spratt ?

— Vous comprenez, Charlotte faisait ses courses au Marché A-1, en général. Elle aimait bien leurs viandes. Ils ont de la très bonne marchandise.

Loukas attendait.

— C'était le livreur, déclara Spratt.

Loukas récapitula à haute voix.

— La commande avait été passée la veille. Les provisions ont été livrées le matin où M$^{me}$ Spratt a été tuée...

— Après mon départ pour mon travail.

— Vous pensez que le livreur a attaqué votre femme et l'a ensuite tuée.

— Vous ne voyez donc pas ? S'il avait laissé les provisions dans les sacs, on aurait su immédiatement qu'il s'était trouvé là à ce moment précis et les soupçons se seraient portés tout naturellement sur lui. Alors il a tout rangé. Il s'est dit qu'il allait s'en tirer comme ça.

*

Le Marché A-1 était situé dans le quartier sud d'Arcadia. Loukas se gara à côté d'une bouche d'incendie jaune et entra. Il jeta un regard alentour à la recherche de quelqu'un qui pût le renseigner, et repéra un visage familier.

— Salut, Theo, dit Ralph Burleigh, qui continua à

inspecter un cageot de poires Bartlett, qu'il pressait
doucement entre ses doigts une à une.

— Salut, Ralph ; qu'est-ce que vous fabriquez ici ?

— Ce sont les meilleurs fruits de la ville, répondit
Burleigh.

— Peut-être. Mais ils ne sont pas dans mes prix.

Burleigh eut un petit rire.

— Ah, M. Miller me fait des prix, à moi. J'ai
travaillé ici dans le temps.

— Vous avez bien de la chance, dit Loukas. C'est
Miller le gérant ?

— C'est le propriétaire, oui.

— Où est-ce que je peux le trouver ?

— Dans son bureau, à l'étage au fond du magasin.

Miller, un type trapu dont le crâne commençait à
se dégarnir, était en train de téléphoner quand
Loukas entra dans son bureau exigu. Il salua d'un
signe de tête et continua à parler tout en jaugeant le
policier. Finalement il raccrocha.

— Qu'est-ce que je peux faire pour vous, monsieur ?

Loukas lui montra son insigne.

Miller fut impressionné.

— La police ? C'est à quel sujet, Sergent ?

— Vous effectuez des livraisons, n'est-ce pas ?

— Oui, bien sûr, que j'effectue des livraisons.

— Livrez-vous à des gens qui s'appellent Spratt ?

— Spratt ? Le nom ne me dit rien, mais ça ne
prouve rien. Je vais vérifier. Je ne passe plus
tellement de temps au magasin. (Il ouvrit un registre,
fit glisser son doigt le long d'une liste.) Voilà.
M<sup>me</sup> Russell Spratt ? Elle est cliente depuis près de
deux ans. Prend à crédit et paye à réception de la

facture. Une dame très bien. (Il sourit à Loukas.) Pourquoi vous demandez ça ?

— Et les Horn ?

— Horn ?

— Treysa Horn.

Miller rouvrit son registre.

— Oui, en effet. On livre à M^{me} Horn.

— Combien de livreurs employez-vous ?

— Combien ? Un seul, ça suffit bien. Nous ne sommes pas un supermarché.

— Qui est chargé des livraisons ?

— Virgil Reiser.

— J'aimerais lui parler.

— Il est en tournée. Mais il devrait rentrer d'ici vingt minutes, je pense.

— J'attendrai.


*


Virgil Reiser, un type grand et mince, avait de longs bras et de grandes mains. Le propriétaire le présenta à Loukas et les laissa ensuite en tête à tête dans son bureau.

Loukas examina longuement Virgil, qui se tenait gauchement devant lui.

Virgil cligna des paupières.

— Je suis pratiquement né ici. J'avais deux ans quand mes parents sont venus s'installer à Arcadia.

— Vous êtes allé au lycée ?

— Oui, monsieur. J'ai passé mes examens il y a trois ans.

— Autrement dit, vous avez à peu près vingt et un ans.

— Oui, monsieur. Excusez-moi, sergent, de vous poser la question, mais de quoi s'agit-il ?

— Quelques questions auxquelles j'aimerais que vous répondiez, Virgil. Une enquête de routine.

— Oh, je vois.

Mais il était clair qu'en fait il ne voyait rien du tout.

— Vous avez sans doute entendu parler des deux femmes en ville qui ont été tuées. Violées et assassinées, Virgil. Vous êtes au courant, n'est-ce pas, Virgil ?

L'expression de Virgil demeura impénétrable.

— Pas vraiment. Enfin, je veux dire, j'en ai vaguement entendu parler, mais je ne lis guère les journaux.

— Avec les filles, vous vous débrouillez bien, pas vrai, Virgil ?

Virgil haussa ses épaules carrées, les laissa retomber.

— Oh ça va, oui. J'ai pas à me plaindre. Je ne suis pas une vedette de cinéma, mais je me débrouille.

— Vous m'avez l'air d'un jeune gars très correct, Virgil. Vous avez une petite amie régulière ?

— Pourquoi posez-vous toutes ces questions ? Je ne comprends pas.

— Simple routine, Virgil, comme je le disais. Une enquête de la police emprunte souvent des chemins détournés, s'oriente parfois d'étrange façon. Vous ne m'avez pas dit si vous aviez une amie régulière, Virgil ?

— Je sors avec une fille.

— Comment s'appelle-t-elle ?

— Jane, répondit Virgil à contrecœur.

— Nom de famille ?

— Bonner.

— Elle habite ici, à Arcadia ?

— Je pense, oui.

— Vous n'êtes pas sûr de l'endroit où habite votre petite amie ?

— Elle habite Duncan Road, répondit Virgil, avec un léger défi cette fois.

Loukas sourit :

— Et voilà. Pas de mal à ça. Maintenant, voyons, vous avez livré de l'épicerie à M^me Spratt l'autre matin. Il y a deux jours.

— Peut-être bien.

— Essayez de vous rappeler, Virgil.

L'employé sortit un carnet de sa poche, le feuilleta.

— Je marque tout, vous voyez. Tenez, voilà. Oui, mercredi matin. J'y suis passé vers neuf heures.

— Combien de temps ça vous a pris pour décharger et encaisser ?

— M^me Spratt a un compte ; elle ne paye pas.

— Combien de temps pour décharger ?

— Deux minutes.

— Où êtes-vous allé ensuite ?

Virgil consulta une nouvelle fois son carnet.

— Chez Henry, trois cents mètres plus loin.

— A quelle heure y êtes-vous arrivé ?

— Cinq minutes plus tard, je suppose. Je n'ai pas d'horaires précis, mais je ne traînaille pas non plus. M. Miller, il sait qu'il peut compter sur moi.

— Et les Horn ? Vous leur avez fait une livraison lundi ? Vérifiez dans votre carnet.

— Ça devait être lundi matin.

— Quelle heure ?

— Neuf heures moins le quart, d'après mon carnet. Mais c'est approximatif, vous comprenez.

— Que pensiez-vous de M^me Spratt ?

— Elle n'était pas bavarde. Il y a des dames qui aiment bien tailler une bavette, mais pas elle. Pas le genre à plaisanter.

— Ça vous gêne, Virgil ?

— Pourquoi ça me gênerait ? Où voulez-vous en venir ?

— M^me Spratt vous donnait de bons pourboires ?

— Cinquante *cents*.

— M^me Horn ?

— A peu près pareil.

— C'est une moyenne, Virgil, comme pourboire ?

— Une moyenne, oui.

— Vous vivez seul, Virgil ?

— Avec ma mère. Pourquoi ?

Loukas se leva.

— Vous savez que M^me Spratt et M^me Horn ont été tuées toutes les deux, Virgil ? Violées ? (Virgil se passa la langue sur les lèvres. Il opina du bonnet.) Le meurtre est une chose terrible, enchaîna Loukas. Supprimer une vie. Nous sommes obligés de poser une foule de questions. Vous vous êtes montré très utile.

— Je ne sais rien.

— Vous m'avez aidé à établir l'heure des crimes. Si les deux femmes étaient en vie quand vous avez fait vos livraisons, alors l'une d'entre elles a été agressée et assassinée juste avant neuf heures peut-être, et l'autre peu après neuf heures. Ça ne vous paraît pas logique, Virgil ?

— Si, je suppose.

— Ça l'est, de toute évidence. Vous êtes probablement le dernier à les avoir vues en vie. A part l'assassin, bien sûr. C'est plutôt terrifiant, non ?

Virgil ne répondit pas.

— Il faut que j'y aille. D'autres questions à poser. Des questions et des réponses, voilà à quoi ça se résume. A plus tard, Virgil.

— Au revoir.

Loukas pivota brusquement sur lui-même.

— Au fait, Virgil, vous avez l'habitude de déballer pour vos clientes ?

Virgil eut l'air sidéré.

— Déballer ?

— Vous avez rangé les provisions de M^me Spratt dans le frigo ? Plié les sacs ?

— Pas du tout. C'est elle qui a dû le faire. Mon boulot est terminé une fois que j'ai amené la marchandise à l'intérieur. Je touche mon pourboire et je m'en vais.

— Parfait, dit Loukas. Eh bien, merci encore, Virgil.

Chez les Henry, Gladys Henry déclara à Loukas que Virgil était venu vers neuf heures.

*

Loukas passa voir Sandy Felton. Il appuya sur le timbre et attendit, sentant croître sa nervosité. Il s'emporta contre lui-même, comme si ses émotions le trahissaient ; cela créait chez lui des sentiments qu'il n'avait nulle envie de ressentir. Il s'apprêtait à repartir lorsque la porte s'ouvrit et Sandy Felton apparut. En tenue de tennis, elle avait une présence physique impressionnante, ses membres nus, lisses et bronzés, la peau tendue sur des muscles bien visibles. Ses joues luisaient de sueur et elle avait les yeux brillants.

— Sergent Loukas. Désolée de vous avoir fait attendre. J'étais en haut, en train d'enlever cette robe et j'ai dû me rhabiller en vitesse quand j'ai entendu la sonnette.

Il battit en retraite d'un pas.

— Je reviendrai une autre fois.

— Non, entrez donc.

Il la suivit dans la maison et la regarda s'écrouler dans un fauteuil, attendant qu'elle l'invite à s'asseoir.

— Je rentre du tennis. Vous en jouez ?

Il secoua la tête.

— Que puis-je faire pour vous, sergent ?

— Je vérifie encore un ou deux points.

— Vous avez découvert des suspects ?

— Nous allons bientôt obtenir des résultats.

— Je l'espère. Tout ça est vraiment terrifiant. (En contraste avec ses paroles, elle eut un brusque sourire qui illumina son visage hâlé. De sa place, Loukas crut déceler une agréable odeur de transpiration qui émanait d'elle. Il s'efforça de ne pas regarder ses cuisses.) Vous dites que vous aviez quelques questions à me poser, sergent. Est-ce vraiment là le but de votre visite ?

Loukas eut brusquement l'impression d'être percé à jour. Adoptant une attitude froide et autoritaire, il demanda d'un ton ferme :

— Est-ce que vous faites vos courses au Marché A-1, Madame Felton ?

— Je n'en ai pas les moyens, si vous voulez

connaître la vérité. La vie est vraiment chère dans cette ville, vous savez.

— Je sais.

— Mais j'aime bien m'offrir certaines de leurs spécialités. Au fond de moi se trouve une fille grassouillette qui essaye de faire surface. Et qui est bien près d'y parvenir, je crains fort.

Loukas laissa errer son regard sur ses jambes tendues devant elle, ses hanches rondes, ses seins épanouis.

— Vous vous faites livrer par ce magasin ?

Il regrettait d'être venu ; il se sentait mal à l'aise en présence de cette femme.

— Quelquefois, répondit-elle.

Il voyait à son regard qu'elle était parfaitement consciente de ce qu'il ressentait.

— Connaissez-vous par hasard le livreur ? Il s'appelle Virgil Reiser.

— C'est bien possible.

— Est-ce lui que vous avez vu s'enfuir de chez les Horn ce matin-là ?

— Je suis désolée, sergent, je ne suis même pas sûre d'avoir vu quelqu'un. Je vous l'ai dit.

*

La menace de pluie s'était éloignée et la nouvelle lune, sortie de derrière les nuages, dérivait dans le ciel, baignant la marina d'une lueur fantomatique. Les bateaux s'élevaient et s'abaissaient au rythme de la houle ; leurs mâts oscillaient à contre-temps les uns des autres. Un petit vent froid arrivait du Détroit.

Tom Petersen alluma une cigarette. La navigation

n'offrait aucun attrait pour lui. Sur un bateau, il avait l'impression de perdre son temps et n'était jamais vraiment à l'aise, car il avait toujours trop froid ou trop chaud, et l'estomac au bord des lèvres.

Ce qu'il aimait, c'était chasser. Avec un arc et des flèches. Avec un fusil, c'était trop facile, ce n'était pas du sport, mais seulement de la tuerie. Non pas que Petersen répugnât à tuer, mais il avait le goût de la difficulté.

Une voiture stoppa dans le parking derrière lui. Des pas approchèrent dans sa direction. Petersen se demanda pourquoi avoir choisi cet endroit pour leur rencontre. Pourquoi pas un coin chaud et confortable, où on aurait pu boire une bonne tasse de café.

— Excusez-moi de vous avoir fait attendre, Petersen.

Se retournant, il prit la main que Victor Fellows lui tendait.

— Ça ne fait rien, Monsieur Fellows. Je regardais les bateaux.

— J'ai moi-même un ketch. (Fellows avança sur le quai, prit place sur un banc. Petersen le suivit.) Asseyez-vous, Petersen. Je veux vous parler de l'affaire. Nous subissons des pressions de plus en plus insistantes.

— Je m'en doute.

— Le gouverneur parle d'envoyer la Police de l'État, le comté nous demande de faire appel au bureau du shérif. Et la presse est déchaînée.

— J'ai vu l'éditorial de Roy Sullivan dans le *Banner*.

— Le public réclame de l'action.

— Nous faisons de notre mieux.

— Et ce Mexicain, alors ?

— Le Mexicain ?

— Oui, il me paraît un suspect tout indiqué.

— Il se trouvait en taule à New York quand le deuxième meurtre a été commis. Il ne peut pas faire l'affaire.

— Il nous faut une arrestation. Les gens sont très mécontents.

Petersen se mit à rire.

— Je sais. Nous n'avons jamais eu autant de travail.

— De travail ?

— On nous signale des rôdeurs, des inconnus dans le quartier, enfin ce genre de choses.

Pendant un long moment, les deux hommes restèrent silencieux. Ce fut Fellows qui rompit le silence.

— J'ai tenté de parler à Loukas, mais je n'arrive à rien. Il est fermé comme une huître.

— Theo est un homme prudent.

— Je suis le Procureur de la Circonscription. J'ai le droit de savoir ce qui se passe.

— Theo ne me dit pas toujours ce qu'il pense.

— En somme, vous voulez dire qu'il ne nous fait confiance ni à l'un ni à l'autre.

Petersen s'exhorta à choisir ses mots avec soin.

— Le sergent Loukas est chargé de l'affaire.

— Quelle affaire ? répliqua sèchement Fellows. Qu'est-ce que nous avons au dossier ? Pas de témoins. Pas de preuves concrètes. Pas de suspects. Simplement deux femmes assassinées.

Petersen émit un son vaguement approbateur.

— Theo est un homme circonspect. Il sait ce qu'il fait.

Fellows se tourna pour regarder l'inspecteur en face.

— Vous le croyez vraiment ? Si c'est le cas, je perds sans doute mon temps à vous parler.

— Je crois que je ferais mieux de me contenter d'écouter, monsieur Fellows, dit Petersen d'un ton assuré.

— Loukas est beaucoup trop prudent. Vous et moi, Petersen, nous avons notre avenir devant nous. Les meilleures années de notre vie sont encore à venir. Loukas est mûr pour la retraite. Il ne prend pas de risques.

— Il travaille très dur.

— D'accord, il essaye. Ça ne suffit pas. Il nous faut des résultats. Loukas est d'une autre génération. Sa façon de penser, sa façon d'envisager la vie. Il faudrait un homme plus jeune pour diriger cette affaire. Un homme qui ait de l'énergie, du punch. Un homme comme vous.

— C'est le Capitaine Henderson qui a décidé des affectations.

— Des affectations, ça peut se changer. S'il y a une raison.

— Theo est un bon flic, dit Petersen.

— La loyauté est une vertu admirable, Tom. Mais pas la loyauté aveugle, stupide. La loyauté envers une cause juste, un homme de valeur. Nous savons tous les deux que Loukas n'a jamais eu l'occasion de s'occuper d'un crime capital.

— Aucun des membres de la police n'en a eu l'occasion.

— Mais vous avez subi un entraînement différent. Vous êtes au courant des méthodes modernes de

82

lutte contre la criminalité. Vous pourriez devenir le chef un jour. Ne me dites pas que vous n'y avez jamais songé.

— Il m'arrive d'y penser.

— Ce qu'il nous faut, en l'occurrence, c'est de l'ingéniosité. De l'imagination. Le courage de prendre une décision et de s'y tenir.

— Je ne vois pas ce qu'on aurait pu faire que Theo n'ait pas fait.

— Un jeune gars intelligent comme vous devrait pouvoir improviser un peu, prendre des risques. Un peu d'audace serait nécessaire, j'irais jusqu'à dire.

Petersen s'humecta les lèvres.

— C'est-à-dire ?

— Allez plus loin que Loukas. Suivez chaque piste jusqu'au bout. Dans une affaire comme celle-ci, ce qu'il nous faut, c'est quelqu'un dont la culpabilité soit plausible, c'est tout. Les gens exigent une arrestation, une condamnation. Nous pouvons leur donner ce qu'ils veulent. Une promotion interviendrait automatiquement pour un flic qui procéderait à cette arrestation, Tom.

Petersen décida d'élargir le débat.

— Et ça aurait quel résultat pour le procureur qui obtiendrait la condamnation ?

Fellows demeura impavide.

— On ne peut pas savoir. Un homme ayant de bons états de service pourrait aller loin en politique. Très loin. Il pourrait s'adjoindre les services d'un associé en qui il aurait confiance.

— La capitale de l'état ?

— Pour commencer.

Petersen siffla doucement entre ses lèvres.

— Vous êtes très ambitieux, monsieur Fellows.

— Ne vous laissez pas freiner par Loukas, Tom.

— Je ne veux rien faire qui ne soit dans la ligne, rien qui puisse nuire à Theo.

— Non, bien entendu. Trouvez-moi simplement quelqu'un à poursuivre. Je m'occuperai du reste, pour nous deux.

Petersen laissa errer son regard sur le Détroit. Victor Fellows avait raison ; impossible de savoir jusqu'où peut aller un homme ambitieux. Il suffit d'être dur au travail, intelligent et gonflé à bloc. Petersen estimait posséder abondamment ces trois qualités.

— Je ferai ce que je peux, dit-il.

— Discrètement.

— Discrètement.

— Et quand vous procéderez à une arrestation, c'est à moi que vous amènerez cet homme. C'est bien clair ?

— Oui, monsieur.

*

Le film qu'Enid allait voir était *American Graffiti* dont elle avait lu de nombreuses critiques enthousiastes. Elle s'attendait donc à être captivée, stimulée, ravie ; ce ne fut pas le cas. L'histoire de ces jeunes gens s'efforçant de tuer le temps au début des années soixante la laissa de glace. Elle se rappelait parfaitement 1962 ; une période pénible où les bons moments avaient été rares. Elle en conclut que c'était là un film fait pour les jeunes désireux d'accepter le monde faux et mythique qu'il recréait.

Une fois la séance achevée, elle sortit rapidement et se dirigea vers l'endroit où elle avait garé sa voiture. Son fils Richie devait dormir maintenant, supposa-t-elle, et elle songea à s'arrêter pour manger une glace. Mais elle détestait se montrer seule en public. Elle rentra chez elle en prenant son temps.

Elle mit la voiture au garage et elle tira sur la porte pour la rabattre. Comme d'habitude, le battant résistait et elle s'arc-bouta pour exercer une plus forte traction. Un léger raclement quelque part dans le garage l'amena à se retourner à demi, juste à temps pour recevoir de plein fouet un coup de poing sur la joue. Elle s'écroula.

Il se rua sur elle, cognant des deux poings. La douleur était sourde, pas entièrement déplaisante. Elle tenta de rouler de côté pour lui échapper, ce qui mit le comble à sa fureur. Jurant, il suivit le mouvement, puis la martela de coups. Le poing de son agresseur s'abattit sur son nez et une onde de souffrance se répandit dans tout son visage. Elle ouvrit la bouche pour hurler ; il la lui ferma d'un gnon et lui cogna la tête contre la dalle en ciment du garage.

Elle avait maintenant un goût de sang dans la bouche et du mal à respirer. Un coup atterrit sur un de ses seins et elle suffoqua, faillit vomir. Dans un faible effort pour se défendre, elle leva les bras. Il les lui rabattit violemment, se mit à la gifler à tout va. Elle retomba en arrière, toujours consciente mais incapable de bouger.

— Cette fois, tu vas y avoir droit, entendit-elle, comme venant de très loin.

Des mains rabattirent son collant et le lui arrachèrent. Elle raidit les jambes pour résister. Il la frappa au ventre.

— Salope ! Ça fait un moment que je te surveille. Je sais ce que tu vaux !

# CHAPITRE VII

Un numéro spécial de quatre pages du *Republican* d'Arcadia était entre les mains des abonnés le lendemain matin dès huit heures. C'était la première fois qu'on sortait ce genre d'édition depuis le Jour de la Victoire. Le seul sujet traité était celui des trois assassinats.

Le récit de chaque meurtre était basé sur les rares faits connus, et l'imagination du journaliste faisait le reste. On donnait la biographie de chacune des trois femmes. Il y avait des interviews de Leon Horn et de Russell Spratt, ainsi que d'amis de la dernière victime.

Un portrait de Victor Fellows occupait deux colonnes de la une, accompagné d'une longue interview dans laquelle il souhaitait une rapide solution de l'affaire, affirmant que... « justice serait faite ».

*

Les reporters rappliquaient de tous les coins de l'état. De Norwalk et de Danbury. De Hartford,

New Haven, Milford, Wesport, Fairfield, Green-
wich. Ils arrivaient de New York et même de Boston.

Ils circulaient en ville, frappaient aux portes au
hasard, demandaient aux gens ce qu'ils savaient des
crimes, leurs impressions, les dispositions prises pour
assurer leur protection.

Des interviewers de la radio, armés de magnéto-
phones, patrouillaient les routes de campagne, décrivaient les lieux des crimes, dramatisaient les craintes
des habitants de la région.

Des équipes de cameramen de la télévision s'installèrent près du Commissariat Central et filmèrent le
Chef Wakeman et Victor Fellows. Deux autres
équipes prirent en chasse le Premier Conseiller
Municipal lorsqu'il sortit de la Mairie, mais il réussit
à les semer au Bazar Morry, où il fila par une porte
de service. Ils interrogeaient les femmes dans la
Grand-Rue pour leur demander ce qu'elles pensaient
du viol, du meurtre et insistaient pour savoir si elles
avaient l'impression d'être en sécurité dans leurs
maisons.

*

Ralph Burleigh se sentait mal à l'aise. Comme
c'était un homme qui préférait faire une chose à la
fois, il chassait toute autre préoccupation de son
esprit. La concentration, la méticulosité, voilà les
qualités auxquelles il faisait appel pour résoudre un
problème. Il détestait se voir obligé de disperser son
attention.

Normalement, un samedi matin, il aurait dû se

trouver en compagnie de son équipe de footballeurs pour les entraîner en vue du prochain match.

Mais pas ce samedi-là. En tant que surveillant de nuit au lycée d'Arcadia, il se sentait des obligations spéciales envers l'école et vis-à-vis des citoyens de la ville. Il patrouillait les couloirs, examinait les toilettes réservées aux visiteurs, inspectait les ailes de l'auditorium. Ralph avait appris à ne pas faire confiance à l'équipe de nettoyage et d'entretien. Durant l'année scolaire, alors que la Section de formation des Adultes donnait des cours presque tous les soirs, il découvrait invariablement dans l'auditorium des détritus qui n'avaient pas été ramassés, des ampoules électriques brûlées ou des sièges cassés. Les gens arrivés, cultivés qui suivaient ces cours, avaient le droit d'être mieux traités que ça. Il admirait leur remarquable persévérance et se sentait dans l'obligation absolue de servir au mieux leurs intérêts tout comme il s'occupait de leurs fils sur le terrain de football.

Après s'être assuré que l'auditorium était en état de recevoir un public, Ralph alluma les projecteurs, mit l'estrade en place et aligna soigneusement devant, sur plusieurs rangées, deux douzaines de fauteuils pliants. Il vérifia ensuite la sonorisation.

A l'entrée principale, il ouvrit les hautes portes en bois et se mit à son poste d'un côté, prêt à accueillir ses concitoyens. Mais son esprit revenait sans cesse à l'équipe de football. Depuis quelques jours, les gosses semblaient manquer d'esprit combatif, de sens de la compétition. Sa tâche consistait précisément à les motiver dans ce sens.

*

Lorsque Loukas arriva, Bookman avait réussi à maîtriser ses émotions. Il avait soigneusement adopté une attitude décontractée et joviale, celle d'un homme parfaitement maître de lui. Il invita Loukas à s'asseoir et s'installa lui-même derrière son bureau, un aimable sourire aux lèvres.

— Voyons, sergent, commença-t-il d'un ton animé, quel est votre problème ?

Loukas jaugea l'autre du regard et fut déçu à la suite de son examen. Bookman se semblait pas posséder les qualités supérieures qui lui permettraient de venir à bout des névroses dont tant de gens semblaient être la proie. Loukas s'était attendu à voir une sorte de sorcier. Mais il avait devant lui un homme parfaitement banal et légèrement mal à l'aise, comme le sont si souvent les gens quand ils ont affaire à un policier. Loukas décida de ne pas perdre de temps en propos préliminaires.

— Vous connaissiez Enid Keyes ? commença-t-il.

Bookman réprima aussitôt la bouffée de peur qui l'envahissait et soutint le regard du policier.

— Un personnage tragique, M<sup>me</sup> Keyes.

— C'était une de vos patientes ?

— Oui, elle venait en consultation depuis près de deux mois. Je peux vérifier la date exacte. Trois séances par semaine.

Loukas fut déçu. Chaque indice se révélait avoir une explication parfaitement logique.

— Votre nom figurait sur son carnet de rendez-vous.

Bookman se sentit soulagé Il avait redouté

qu'Enid ait tenu un journal, décrit les détails de leurs entrevues. Il sourit à Loukas.

— M<sup>me</sup> Keyes n'avait pas de rendez-vous précis. Je la prenais quand je pouvais. Il y a souvent des patients qui annulent leur rendez-vous.

Loukas ouvrit son calepin.

— En face de sa dernière visite, elle a écrit sur le calendrier : « Fantastique ! » Pouvez-vous expliquer ceci, Docteur ?

Bookman prit un air perplexe.

— Aucune idée. La séance avait été très tendue. M<sup>me</sup> Keyes a fait plusieurs révélations très utiles qui auraient été extrêmement bénéfiques si le traitement avait continué...

Il s'interrompit, haussa les épaules.

Loukas soupira et rangea son calepin. Quelque chose chez Bookman le déconcertait, lui échappait.

— Que pouvez-vous me dire au sujet de M<sup>me</sup> Keyes ?

— Pas grand-chose, je crains bien. Je ne la connaissais pas suffisamment. C'est un processus extrêmement lent. Elle était le prototype de la divorcée névrosée, (Il eut un petit sourire amer.) perdue dans une lointaine banlieue et s'ennuyant ferme.

— Pourquoi donc ?

— Une femme seule, rêvant de mener une vie mondaine. A Arcadia, elle rencontrait surtout des hommes mariés.

Loukas redressa le buste.

— Avait-elle une aventure avec un homme marié ?

— Pas que je sache.

— Mais c'est dans les choses possibles ?

— Nous avions à peine gratté la surface.
(Bookman hésita.) La discrétion professionnelle est
de rigueur dans mon travail, Sergent.

— Il s'agit de meurtre, Docteur. Trois viols, trois
meurtres. Nous avons besoin de toute l'aide possible.

— Oui, bien sûr. Elle est sortie dans le temps avec
un certain Peter. Il habite à Bridgeport, je crois.

— Peter Manchester ?

— Ah, vous êtes au courant ?

— Son nom figurait dans le carnet d'adresses de
M<sup>me</sup> Keyes. Nous nous sommes renseignés. Il est en
voyage d'affaires en Amérique du Sud depuis deux
semaines.

— Elle a été mariée trois fois, vous savez.

— Nous avons contacté les deux maris encore en
vie. Ils ne savent rien. C'est bien ça l'ennui, dans
cette affaire ; personne ne sait rien. M<sup>me</sup> Keyes n'a
jamais rien dit qui puisse établir un lien entre elle et
Treysa Horn ou Charlotte Spratt ?

— Les autres femmes assassinées ? Pas que je
sache. Je ne connais leurs noms que par les articles
des journaux.

— Avez-vous discuté des meurtres avec elle ?

— Non, jamais.

— Manifestait-elle la crainte d'être violée ? Se
sentait-elle menacée par quelqu'un qu'elle connaissait ?

— Le sujet n'a jamais été abordé. Mais un certain
nombre de mes patientes sont bouleversées par ces
événements. L'une d'entre elles est pratiquement
hystérique ; elle est persuadée qu'elle va être violée
chaque fois qu'elle sort de chez elle.

— Ses craintes ne sont pas dirigées contre quelqu'un en particulier ?

— Pas vraiment. C'est une hystérique comme on en voit tant et cette affaire n'a fait que confirmer ses phantasmes.

Loukas se leva.

— Eh bien, ce sera tout, je crois. Si vous pensez à quelque chose qui puisse nous être utile, Docteur, téléphonez-moi.

— D'accord.

Une fois seul dans son bureau, Bookman faillit éclater de rire. Ses craintes, sa sensation de désastre imminent avaient disparu. Il n'y avait aucune raison de s'inquiéter. Aucune. Ned Bookman, qui venait d'obtenir le sursis, envisageait désormais d'un cœur léger de faire les courses dont Moira l'avait chargé ce matin-là.

*

Le coup de fil fut enregistré à dix heures quarante-deux. L'agent de service était Lou Pinto, qui faisait partie de la police depuis dix-neuf ans. Massif, lent à se mouvoir, il avait passé la plus grande partie de sa carrière à alpaguer des baluchonneurs et il prenait plaisir maintenant à être de service au téléphone. Cela lui donnait l'occasion de prendre ce qu'il aimait appeler sa voix de flic, profonde, traînante, avec une légère pointe d'arrogance désinvolte.

— Commissariat Central, dit-il, notant automatiquement l'heure. Agent Pinto à l'appareil.

Le correspondant semblait hésitant. Les gens sont en général nerveux quand ils ont à contacter la police, avait remarqué Pinto depuis longtemps. Même quand ils n'avaient rien à se reprocher. Pinto mettait ça sur la crainte des autorités, et il prenait plaisir à faire partie précisément des autorités.

— Est-ce que je peux parler au sergent Loukas, s'il vous plaît ? demanda la voix.

— Le sergent vient de sortir. Il ne reviendra pas avant cet après-midi. Quelqu'un d'autre peut vous renseigner ?

— J'ai lu dans le *Republican* que le sergent Loukas s'occupait de ces meurtres… ces pauvres femmes.

Pinto se raidit.

— Qui est à l'appareil ? demanda-t-il.

— Je préférerais parler au sergent Loukas.

— Vous avez des renseignements sur ces meurtres ?

— Je rappellerai plus tard, peut-être.

— Attendez !

Le correspondant avait raccroché.

Pinto fut déçu. Mais un instant seulement. Les coups de fil donnés par des dingues étaient monnaie courante. C'était une des plaies de la profession de policier. Il se replongea dans le livre qu'il lisait.

*

Donnelly, ses yeux protégés par ses sourcils broussailleux, observait Pauline Fellows. Il passa une de ses mains striées de veines sur sa joue glabre. Sensation déconcertante ; peut-être allait-il de nouveau se laisser pousser la barbe.

— Que cherchez-vous exactement, madame Fellows ? demanda-t-il sans hostilité.

— Des œuvres qui me plaisent, répondit-elle avec simplicité. Des œuvres que je puisse montrer et espérer vendre.

— Je ne suis pas une de ces machines à faire de l'art. Je ne fabrique pas des sculptures sur commande.

— Vous avez suffisamment de pièces ici pour que je puisse faire un choix qui me satisfasse.

— S'il y a un choix à opérer c'est moi qui m'en chargerai.

— Ne pouvons-nous le faire ensemble ?

Il eut un brusque sourire qui découvrit ses dents l'espace d'un éclair, son large visage soudain rajeuni, comme ravi d'avoir été percé à jour dans sa grossière tentative pour avoir le dessus.

— De temps à autre, dit-il, toujours souriant, il m'arrive de me prendre pour Epstein ou Moore.

— Vous avez du talent, Hugh.

— Pas à ce point, mais je travaille dur.

— Laissez-moi exposer vos œuvres.

Pauline était impressionnée par Donnelly et ses sculptures. Il avait l'air d'un artiste, une certaine dimension, qui lui conférait une impression de puissance. De plus, il savait rire de lui-même. L'homme et son œuvre auraient un grand succès dans sa galerie.

— Où ça ? demanda-t-il, soudain assombri. Les grosses pièces sont trop grandes pour les galeries du coin. Il leur faut un espace découvert, avec le ciel comme plafond. Voilà ce dont j'ai besoin.

— Je peux vous le fournir. Ma pelouse est vaste, le terrain varié. On peut y exposer les œuvres importantes. Et dans la maison, les plus petites.

— Vous voulez transformer votre maison en galerie ?

— Oui. La plupart des galeries ne sont que des magasins. Elles pourraient aussi bien vendre des vêtements ou des produits diététiques.

Il l'observait d'un regard soupçonneux.

— Vous aimez vraiment ce que je fais ?

— Énormément.

*

Diamond s'arrêta devant le comptoir des surgelés au Marché A-1, et vérifia la liste de courses que lui avait préparée Ruth. Il n'avait rien oublié, le chariot était plein. Au présentoir des magazines, il acheta *The New Yorker*, *Newsweek* et *New York*. Il prit ensuite sa place dans la queue à une des caisses.

Il examina la fille qui enregistrait ses achats. Elle avait un visage large et lisse, des yeux verts limpides au regard assuré, des lèvres entrouvertes sur des dents qui avançaient légèrement. Une vraie beauté, se dit Diamond.

— Vous faites ça très bien, lança-t-il.

Elle répondit sans lever les yeux.

— Ça devient automatique au bout d'un moment. L'ennui, c'est qu'ils n'arrêtent pas de changer les prix.

— C'est ennuyeux pour tout le monde.

Elle sourit et Diamond essaya de se rappeler s'il avait jamais fait l'amour à une fille à la mâchoire proéminente.

— Vous travaillez à mi-temps ? demanda-t-il. Après l'école ?

Elle lui jeta un coup d'œil.

— Je suis plus vieille que j'en ai l'air. C'est comme ça que je gagne l'argent du loyer.

— Il y a d'autres façons.

Elle l'examina cette fois, plus longuement, d'un regard plus pénétrant.

— C'est ce que m'ont dit les filles plus âgées.

— Un gars va bien venir vous enlever d'ici, vous épouser.

Elle se tourna vers lui, l'air froid, sûre d'elle.

— Ça fait trente-deux dollars cinquante-deux. Pour la nourriture.

Il lui donna deux billets de vingt et elle lui rendit la monnaie. Les doigts de la jeune fille s'attardèrent au creux de la main de Diamond. Ou bien se l'imaginait-il ? Son expression ne lui révéla rien. Elle commença à emballer les provisions.

— Je ne suis pas pressée de me marier, dit-elle.

— Vous êtes pressée de quoi ?

Elle le regarda droit dans les yeux.

— Vous êtes marié, vous.

Il était inutile de nier. Il acquiesça d'un signe de tête.

— Comment vous appelez-vous ? demanda-t-il.

— Jane Bonner.

— Et moi Leo Diamond. Vous habitez ici, à Arcadia ?

— Oui, dit-elle en mettant les sacs bruns au fond du chariot.

Il se mit à trembler.

— Vous n'allez jamais en ville ?

— A New York ? Pas souvent.

— Je travaille à Manhattan. Relations publiques. Beaucoup de clients dans le monde du spectacle.

— Oh, fit-elle. Vous voulez qu'on vous livre ces marchandises ?

— Non, je vais les prendre.

Il se dit qu'il perdait son temps. Non seulement il était marié mais il avait le double de l'âge de la fille. Elle avait sans aucun doute un petit ami robuste et jeune qui lui fournissait tout ce dont elle avait besoin.

— J'ai toujours eu envie secrètement de me lancer dans le music-hall, dit-elle.

Il sentit ses espoirs renaître.

— On pourrait en parler.

— Au suivant, dit-elle.

Diamond jeta un coup d'œil par-dessus son épaule. D'autres clients attendaient derrière lui. Il avança. Jane Bonner tapait sur les touches de sa caisse enregistreuse avec une habileté concentrée.

*

Loukas en était à sa deuxième tasse de café lorsque l'homme appela de nouveau.

— Ici le sergent Loukas.

— C'est au sujet du meurtre que je téléphone. Le dernier. Vous savez bien, la femme Keyes. Il y avait sa photo dans le journal.

Loukas écarta sa tasse.

— Qui est à l'appareil ?

— Écoutez, je ne veux pas être mêlé à tout ça. Mais je crois quand même que je peux vous être utile.

— Oui ?

— J'ai vu la femme Keyes. Du moins, j'ai vu quelqu'un qui était son portrait tout craché. Je l'ai vu en compagnie d'un homme.

— Qui était l'homme ?

— Je ne connais pas son nom. Où plutôt, je ne le connaissais pas. Mais je les ai vus ensemble.

— Où les avez-vous vus ?

— Au Yankee Drive Motel. Vous savez où c'est ?

— Je sais. Et ça se passait quand ?

— Au début de la semaine. Ils ont réservé une chambre vers midi et ils y sont restés deux bonnes heures. Ou du moins, elle a réservé une chambre, mais je l'ai repéré quand il est arrivé. Il a garé sa voiture à côté de celle de la femme et il est entré dans la chambre.

— Je vois. Et vous ne savez pas qui était cet homme ?

— Eh bien, justement, je ne savais pas. Mais après avoir vu la photo de la femme dans le journal, je l'ai reconnue. Du coup, je me suis mis à réfléchir. Et figurez-vous que ce matin, j'étais à la Cuisine des Gourmets en train d'acheter du Jarlsberg et des biscuits anglais — j'aime bien manger du fromage et des biscuits dans la soirée — et vlan, voilà que je tombe sur le gars.

— Mais vous ne connaissez pas son nom.

Un accent triomphant passa dans la voix du correspondant.

— Je ne le connaissais pas à ce moment-là. Mais j'ai trouvé. Je suis sorti, suis monté dans ma voiture et j'ai attendu qu'il ressorte, parfaitement, et ensuite je l'ai suivi. En gardant une certaine distance,

exactement comme ces policiers qu'on voit à la télé.
Oh, j'ai été très prudent.

— Et alors ?

— Je l'ai suivi jusque chez lui.

— Et vous avez appris son nom.

— Absolument. Bookman. E. M. Bookman.

Loukas ferma les yeux un instant.

— Vous êtes absolument certain ?

— Oh, tout à fait. Pensez, je ne commets pas ce
genre d'erreurs. Les détails ont beaucoup d'importance dans mon métier. Il n'y a pas grand-chose qui
m'échappe.

— Quel métier faites-vous ?

Le correspondant émit un petit bruit réprobateur.

— Non, vous n'allez pas me coincer si facilement.
Je vous ai prévenu que je ne vous le dirais pas. Vous
voulez l'adresse de ce E. M. Bookman ?

— Ce ne sera pas nécessaire, dit Loukas.

— Je vois, fit l'homme, d'un ton pincé. De toute
façon, je ne m'attendais pas à des remerciements. Je
ne suis qu'un citoyen qui fait son devoir. Seulement,
vous, vous n'en avez rien à foutre, hein ?

*

Loukas se rendit au Yankee Drive Motel. C'était
un bâtiment bas dessinant un vaste arc de cercle,
environné d'arbres. Devant, une piscine de forme
fantaisiste et un golf miniature. Loukas entra. Un
homme mince entre deux âges l'accueillit, un sourire
de commande aux lèvres.

— Bonjour, monsieur. Que puis-je faire pour
vous ?

Loukas exhiba son insigne.

— Je suis Loukas. Vous venez de m'appeler il y a un instant.

Le mince visage pâlit.

— Je crains que vous ne fassiez une erreur, monsieur.

— Comment vous appelez-vous ?

— Evans. Samuel Evans.

— Très bien, monsieur Evans. Ou bien nous parlons ici ou bien nous parlons au Commissariat Central. A votre bon cœur.

Evans baissa les yeux et le ton.

— J'essayais simplement de me rendre utile.

— Eh bien, continuez. Elle s'est enregistrée sous un faux nom ?

— Miller. Elle se faisait appeler M<sup>me</sup> Miller. Je peux vous montrer le registre. Elle avait d'abord téléphoné pour réserver.

— Ils sont venus souvent ?

— Deux fois cette semaine. Mardi et mercredi. Après qu'il est parti mardi, elle est venue au bureau et a réglé la chambre pour une journée de plus.

*

Ned Bookman luttait pour conserver son sang-froid. Il était blême et avait les lèvres crispées. Son regard évitait celui de Loukas.

— Je ne suis pas sûr de bien vous comprendre, dit-il.

— Enid Keyes était votre patiente, déclara sèchement Loukas.

— Je vous l'ai dit.

— Mais vous ne m'avez pas dit que vous aviez une liaison avec elle.

Bookman essaya de rire, mais sans succès.

— C'est absurde. Je garde toujours mes distances avec une patiente, une barrière clinique, pourrait-on dire...

— Ne me mentez pas, Docteur.

Bookman se mit à bredouiller.

— Vous n'avez pas le droit...

— A deux reprises au moins, vous êtes allé au Yankee Drive Motel en compagnie de M^me^ Keyes. Vous avez passé quelques heures avec elle dans une chambre. M^me^ Keyes avait réservé par téléphone et elle s'est inscrite sous le nom de M^me^ Miller. Voulez-vous que je poursuive ?

Bookman se tassa sur lui-même.

— De la faiblesse. C'est tout ce que c'était, de la faiblesse.

— Quand l'avez-vous vue pour la dernière fois ?

— Quoi ? Heu..., deux jours avant sa mort. Comment quelqu'un a-t-il pu...

— Êtes-vous marié, Docteur ?

— Quoi ? Oh, oui, bien sûr.

— Deux enfants, je crois ?

— Oui, deux. Pourquoi ?

— Essayait-elle de vous inciter à quitter votre femme ? Vous a-t-elle menacé de révéler votre liaison à votre femme ?

— Oh, non. Non. Mon Dieu ! Vous pensez que je l'ai tuée ? Oh, non, non. Je ne suis pas un violent. De toute façon, ça n'était pas le cas. Il faut me croire.

— Vous avez menti une fois, pourquoi pas deux ?

*

Comme cela arrivait si souvent, le désir s'empara d'Emmett May au milieu de la nuit. Il se manifesta insidieusement, pendant qu'il dormait, le tirant de son sommeil. Presque en transe, il lutta dans l'obscurité solitaire pour chasser de son esprit les images tentatrices. Il échoua, comme il échouait presque toujours. La tension se concentra dans son bas-ventre et il se déplaça légèrement, sentant son sexe se roidir, gonfler de désir. Il y porta la main instinctivement, puis l'écarta aussitôt, terrassé par la honte, le dégoût, la culpabilité.

Se rendant dans sa salle de gymnastique privée, il monta sur sa bicyclette fixe et pédala aussi fort qu'il put, aussi longtemps qu'il put. Vint ensuite une série d'appuis tendus et de tractions. La tension diminua et il sauta à la corde pendant un quart d'heure.

Il avala un Valium et retourna se coucher. Il dormit, mais à son réveil, il était toujours la proie du même désir forcené.

# CHAPITRE VIII

La plage se cramponnait aux vestiges de la lumière, comme si elle craignait de sombrer dans l'obscurité. De l'autre côté du Détroit de Long Island, la nuit se dressait comme un mur grisâtre.

Dans l'eau, deux nageurs progressaient parallèlement au rivage. Loukas frissonna. L'hiver serait bientôt là et l'eau devait être glaciale. Ces nageurs, quand même ! Qu'est-ce qui pouvait bien inciter les gens à s'infliger de pareilles épreuves ? On ne pouvait certainement trouver aucun plaisir à un passe-temps aussi pénible.

Tout au bout de la plage, une silhouette solitaire accourait dans sa direction. Les amateurs de cross constituaient une race tout aussi bizarre.

Il continua à avancer. Cette promenade au bord de l'eau l'emplissait d'aise. Il avait l'impression d'être dans son élément. Le père de son père avait été pêcheur dans un petit village, il avait même navigué en Méditerranée. Peut-être était-ce l'hérédité qui l'attirait vers la mer.

La personne qui courait était presque arrivée à sa hauteur. Silhouette indécise dans un training rouge vif. Loukas s'écarta, pour lui laisser la bande plate de sable, le long du ressac.

— Bonsoir, dit-il, soudain ravi en la reconnaissant.

Elle le dépassa, s'arrêta, se retourna, indécise.

— Sergent Loukas ?

— Comment allez-vous, Madame Felton ?

— Je ne vous avais pas reconnu. Avec tout ce qui se passe, je suis un peu moins aimable.

— Ça vaut sans doute mieux ainsi.

— Je suppose que je devrais me contenter de courir le jour.

— C'est une bonne idée. Venez, je vais vous accompagner à votre voiture.

— D'accord. (Ils marchèrent un moment sans mot dire, puis elle tendit le bras en direction du Détroit.) Est-ce que j'ai vu quelqu'un nager ?

— Deux personnes. Elles essaient d'aller jusqu'à la Tête.

Tout au bout de la plage, la terre s'incurvait au creux du Détroit en un arc harmonieux, aboutissant à un chaos de rochers qui dessinaient une sorte de profil grossier.

— Pourquoi appelle-t-on cet endroit la Tête d'Aigle ? dit-elle. Personne ne semble le savoir.

— Des aigles avaient l'habitude de se percher sur le promontoire dans le temps. Des aigles chauves. Mon père en a vu un quand il était jeune. La plupart ont été éliminés ou sont partis habiter un endroit moins dangereux pour eux.

Lorsqu'ils furent arrivés à sa voiture, elle lui tendit la main.

— Merci de m'avoir raccompagnée.

— Le plaisir était pour moi, madame Felton.

Elle hésita, ne voulant pas qu'il se méprenne.

— Qu'arriverait-il, d'après vous, si vous m'appeliez par mon prénom ?

Elle ne put voir l'expression ravie qui se peignit sur son visage.

— Rien de bien grave. Sandra, ajouta-t-il.

— Sandy, dit-elle.

— On m'appelle Theo.

*

Assis au volant de la Valiant, Loukas examina la maison. Tout comme la sienne, elle était vieille, sans fioritures, construite dans un dessein purement utilitaire. Compacte, pratique, solide, destinée à durer longtemps. Les bardeaux d'origine du toit avaient été remplacés par des plaques d'amiante gris, les murs étaient d'une couleur ocre neutre, les volets assortis au toit.

Loukas se dirigea vers la porte et frappa. Une femme vint ouvrir. Elle se tenait très droite, si bien qu'elle paraissait plus grande que nature. Le menton levé, des yeux bleu porcelaine au regard froid et assuré ; aucune trace d'indécision sur son visage osseux. Debout sur le seuil, les bras croisés sur la poitrine, elle offrait un aspect imposant.

— Que voulez-vous ? lança-t-elle d'un ton agressif.

— Madame Reiser ?

— Je suis M<sup>me</sup> Reiser.

— Sergent Loukas. De la police d'Arcadia, ajouta-t-il en montrant son insigne doré.

Elle lui attrapa le poignet, lut sans se presser l'inscription sur l'insigne, et ne le relâcha qu'une fois satisfaite.

— Je n'ai pas appelé la police, dit-elle. Je n'ai pas besoin de la police.

— Je travaille sur une affaire...

— Ces meurtres, je suppose. Du moins, c'est là-dessus que vous devriez travailler, vous autres. On ne peut pas laisser de pauvres femmes innocentes se faire assassiner chez elles. C'était pas comme ça, dans le temps, vous savez. C'est la faute des étrangers, croyez-moi. Trop de gens venus d'ailleurs dans cette ville. Ça amène le désordre.

— Je ne peux guère dire que vous ayez tort, acquiesça-t-il. Ma famille habite ici depuis très longtemps.

Elle le jaugea d'un regard froid.

— Mon père était marchand de bois, poursuivit Loukas. Et de charbon aussi. Vous l'avez peut-être connu ?

— ... Peux pas dire. Qu'est-ce que vous me voulez, sergent ?

— Dans le cadre de mon enquête, j'ai été amené à parler avec votre fils.

— Virgil me l'a dit.

— Je vois.

— Virgil n'est pas le genre à cacher des choses à sa mère.

— Il vous dit tout ?

— Virgil a été élevé dans un foyer correct, un foyer chrétien.

— J'en suis persuadé. Ce que je voulais savoir...

— Vous croyez que Virgil aurait fait des choses pareilles à ces femmes ?

— J'enquête seulement sur le compte de tous ceux qui ont été mêlés à l'affaire. Virgil livrait de l'épicerie aux trois femmes qui ont été tuées. Le fait est que j'essaie toujours d'arriver à une conclusion à ce sujet.

Ses lèvres se pincèrent.

— Eh bien, Virgil aurait pu faire le coup, dit-elle en affrontant Loukas d'un regard froid.

— Qu'est-ce qui vous fait dire ça ? demanda-t-il d'un ton circonspect.

— Virgil est un homme et n'importe quel homme est capable de violer une femme. Les hommes sont comme ça.

— J'aimerais parler à Virgil, Madame Reiser.

— En réalité, vous êtes venu jeter un coup d'œil sur l'endroit où habite Virgil. Pour voir la façon dont il vit. Pour voir la mère de Virgil. Eh bien, me voilà, sergent, mais il n'y a aucune raison pour que vous en voyiez davantage.

— Comment ça, Madame Reiser ?

— Votre jeune gars est déjà venu fouiner par ici.

— Mon jeune gars ?

— Petersen, il s'appelle. Il m'a montré un insigne, lui aussi, sauf qu'il n'est pas sergent. Il est bien de la police, non ?

Loukas demeura impassible.

— Oui, il est de la police.

— Eh bien, vous n'avez qu'à lui demander ce que vous voulez savoir. Je ne peux pas avoir tout le temps chez moi des gens en train de bigler dans tous les coins. Quant à Virgil, si vous avez des questions à lui poser, allez-y. Ce n'est pas le genre à mentir. Son père et moi, on l'a élevé comme il faut.

— Votre mari travaille dans cette ville ?

— M. Reiser est mort depuis près de dix ans. Mais j'ai élevé Virgil comme Oscar l'aurait voulu. Jamais aucune entorse à la discipline. Oscar croyait à la discipline, à la décence, à l'honnêteté. Chaque fois que Virgil faisait un faux pas, il avait de mes nouvelles. Quand ça suffisait pas de lui faire la leçon, j'avais toujours le vieux cuir à rasoir d'Oscar dans mon placard à balais, et je l'ai encore. Je corrigerais mon fils avec à l'instant même s'il le fallait.

— Je vois.

— Dites-moi que Virgil a fait ça à ces femmes et je l'amènerai moi-même au Commissariat. Virgil se garderait bien de se conduire comme ça.

— J'en suis sûr. Je vous remercie, Madame Reiser, de m'avoir reçu.

— Il y avait une époque où une honnête femme pouvait descendre la Grand-Rue sans être importunée. Maintenant, avec tous ces hippies qui traînent partout, la drogue qu'on vend à tous les coins de rue il s'en passe, des choses. Attrapez donc celui qui a commis ces crimes affreux.

— Oui, madame, je ferai de mon mieux.

*

Petersen se trouvait au stand de tir, dans le sous-sol du Fort. Derrière lui se tenait Loukas, légèrement tendu, mal à l'aise. Les armes à feu et les détonations le rendaient toujours nerveux.

Petersen était habile. Beaucoup plus que Loukas

l'avait jamais été. En tir rapide, il logea six projectiles en bordure ou au centre de la cible. Il commença ensuite à recharger son arme.

— Tom, dit Loukas.

Petersen se retourna.

— Théo. Je ne savais pas que tu étais là.

— Je veux te parler.

— Laisse-moi lâcher encore une rafale, Theo.

— Tout de suite, dit Loukas avant de s'éloigner.

Il était assis derrière son bureau lorsque Petersen entra dans la salle.

— Qu'est-ce qui se passe ? demanda Petersen, l'air intrigué.

— Donne-moi du café, fit Loukas d'une voix neutre.

Petersen cligna des paupières.

— D'accord, Theo.

Il emplit un gobelet, l'amena à Loukas.

— Noir, dit Loukas. Je le bois noir.

Petersen vida le gobelet dans l'évier et le remplit.

— Pose-le sur le bureau.

Petersen obtempéra.

— Qu'est-ce qui ne va pas, Theo ? Qu'est-ce que c'est ?

— Tu as oublié qui était chargé de cette affaire, Tom ?

Petersen rougit.

— C'est toi, Theo. C'est toi qui diriges l'enquête.

— Exact. Et si je ne suis pas satisfait de l'homme qui travaille avec moi, je le sacque.

— J'ai commis une erreur, Theo ? Si c'est le cas, je suis désolé.

— Tu as commis une erreur.

110

— Laquelle ?

— Qui t'a dit d'aller voir M^me Reiser, Tom ? Je t'ai demandé d'aller lui parler ?

— Ça me paraissait une bonne idée, répondit Petersen dont le visage avait pâli et dont les lèvres s'étaient crispées.

— Tu pensais pouvoir tenir cette démarche secrète ?

— Je voulais te le dire, Theo. J'ai oublié.

— Tu parles !

— On a eu tellement de boulot ici.

— Quand ?

— Quoi donc, Theo ?

— Quand allais-tu me le dire ?

— J'ai oublié tout bêtement, ça m'est sorti de l'esprit.

— Tom, je sais faire la différence entre autour et alentour.

— Ah, Theo, je n'ai rien appris de spécial. Rien qui puisse t'intéresser.

— Tu travailles pour moi.

— Je sais, Theo.

— A qui as-tu parlé ?

— Parlé ?

— Oui. A mon avis, c'est Victor Fellows. Tu es un flic, Tom, pas un politicien. Ce qui convient à Victor Fellows ne te convient pas forcément. A la Police non plus.

— Il veut seulement qu'on épingle quelqu'un.

— Moi aussi, nom de Dieu. Mais Fellows veut un truc spectaculaire. Les projecteurs, les caméras, tout le fourbi. Il veut faire un malheur. Victor Fellows, la terreur des truands. Il lui faut quelque chose qui puisse le conduire tout droit à Hartford et même plus loin. Si on se laisse pressurer par ce gars, on est foutus.

— Tu as raison, je suppose.

— Il n'y a pas à supposer. Ce gars se fout éperdument qu'un homme soit coupable ou innocent ; ce qu'il veut, c'est une condamnation. Il a essayé de se servir de toi pour me passer par-dessus la tête, et par-dessus celle d'Henderson. Il sait que je ne procéderai pas à une arrestation, à moins d'être sûr de mon fait. Et Henderson me soutiendra. Qu'est-ce qu'il t'a dit, qu'il te catapulterait en même temps que lui vers les sommets ? Tom, tu es vraiment con à ce point ?

— Tu as raison, tu as raison.

— Bon. C'est terminé. On n'en parlera plus. Maintenant, tuyaute-moi sur M<sup>me</sup> Reiser.

Petersen parla rapidement, visiblement soulagé.

— Elle a vraiment du sang-froid, cette dame. On a l'impression qu'il y a un mur invisible entre elle et le reste du monde. On dirait qu'elle prend plaisir à l'idée que son fils pourrait être suspect.

— Virgil est-il suspect, Tom ?

— Eh bien, il a été en contact avec chacune des victimes, Theo. Il les a toutes vues, il leur a parlé, il aurait pu faire le coup.

— On savait tout ça avant que tu ailles voir M<sup>me</sup> Reiser.

— Je voulais jeter un coup d'œil sur la chambre de Virgil.

— Tu avais un mandat de perquisition ?

— Ah, Theo, je ne venais pas en mission officielle. M<sup>me</sup> Reiser ne m'a même pas demandé si j'avais un mandat. Je n'ai pas vraiment perquisitionné, seulement jeté un coup d'œil. Ça n'avait pas l'air de la gêner, d'ailleurs. Elle semblait presque fière de me montrer la maison.

— Et alors ?

— Rien. J'ai fait chou blanc. C'est la chambre la plus propre que j'ai jamais vue. Virgil en fait lui-même le ménage, m'a dit sa mère. Elle l'a dressé à ça, a-t-elle précisé. Tout était en ordre. Les livres, les magazines, les vêtements. Vrai, on aurait dit une chambre où personne ne dormait jamais. Toute la maison était comme ça.

— Qu'est-ce que tu espérais trouver ?

— Des livres cochons, peut-être. Mais maintenant, je ne sais plus trop. A en juger par l'aspect de sa chambre, je commence à penser que Virgil ne glisserait jamais son précieux zizi dans une vieille chagatte sale.

Loukas ne put s'empêcher de sourire.

— Quel autre renseignement fascinant as-tu découvert sur Virgil ?

Petersen semblait maintenant un peu plus détendu, son attitude plus décontractée.

— Virgil travaille au A-1 depuis un an maintenant, un peu plus, en fait. Avant ça, il conduisait un camion pour une blanchisserie de Norwalk. Ponctuel, digne de confiance, honnête.

— Le Virgil que je connais.

— Il a servi au Vietnam. A récolté une Étoile de Bronze.

— Pendant que tu fouinais, as-tu découvert des trucs sur la vie amoureuse de Virgil ?

— Pas grand-chose. Il est sorti avec une certaine

Marcy McDermott à Fairfield pendant quelque temps. A ce qu'elle dit, ils n'ont même pas couché ensemble. C'est Marcy qui a rompu, finalement. Elle dit que Virgil était trop réservé, silencieux, qu'il ne buvait même pas quand ils étaient ensemble.

— Et la came ?

— Même pas de l'herbe, pour autant que je sache. Virgil, c'est de l'or pur.

— C'est tout ?

— Tout ce que j'ai découvert.

— Pas grand-chose, hein ?

— Ah, Theo, je suis désolé. Ça ne se reproduira pas.

Loukas examina le bout de ses doigts.

— Tu as parlé à Virgil ?

— Je me suis dit que ça ne servirait pas à grand-chose.

— Tu as interviewé sa petite amie ?

Le visage de Petersen se figea.

— Sa petite amie ? Quelle petite amie ?

— Miss Jane Bonner, dit Lukas qui sortit son calepin. Elle habite Duncan.

— J'ignorais son existence.

— Virgil t'en aurait parlé. J'estime que nous devrions avoir une petite conversation avec Jane Bonner.

Petersen lança un juron.

— Ah, Theo, tu veux mon avis ? Je ne crois pas que Virgil soit le genre à violer une fille.

— C'est quoi, ce genre-là ?

Avant que Petersen ait pu répondre, le Capitaine Henderson entra dans le Bureau. Son visage marbré

arborait ce qu'il croyait être une expression ave-
nante.

— Eh bien, les gars, il a remis ça !

— Encore un viol ? s'exclama Petersen.

— Ouais. Seulement, cette fois, ce salopard a
commis une erreur.

— Une erreur.

— La dame est toujours en vie.

# CHAPITRE IX

Le regard d'Arthur Slater fuyait dans tous les sens, ne se reposait jamais sur rien. Il se sentait alternativement glacé et brûlant. En proie à la plus extrême confusion, il faisait un effort désespéré pour mettre de l'ordre dans ses pensées. Et comme il n'y parvenait pas, il fut étreint par la peur. Malgré le chaos d'émotions contradictoires et de réflexions décousues qui déferlaient en lui, il savait qu'il devait donner le change, rester secret, ne rien révéler.

Il s'efforça de prendre un ton hautain.

— De quoi m'accuse-t-on ?

Il avait déjà posé la question, sans recevoir de réponse.

La salle d'interrogatoire était de grandeur moyenne, avec des murs d'un gris réglementaire et le minimum de meubles. Sur un petit bureau, dans un coin, une lampe projetait une faible lumière jaune sur une chaise à dossier droit où Arthur était assis, rigide. Au-delà du halo lumineux, dans l'ombre, les visages des autres hommes n'étaient que des taches indistinctes, leurs voix pesantes, détachées, menaçantes. Arthur n'avait pas l'habitude d'affronter le

danger. Les situations de crise le bouleversaient. En
présence des autorités légales, il se mettait à suer.

— Personne ne vous accuse de rien, déclara la
voix rocailleuse du Capitaine John Henderson.

— Alors pourquoi me gardez-vous ici ?

— Partez si vous voulez, dit Victor Fellows. Personne ne vous retient.

— Si vous pensez que c'est intelligent de votre
part, ajouta Henderson.

— Je pense que je veux un avocat, dit Slater.

— Il y a un téléphone sur le bureau. Décrochez et
demandez une ligne extérieure. Appelez un avocat,
si vous en avez besoin.

Arthur bougea sur sa chaise.

— J'ai le droit de savoir pourquoi vous m'avez
amené ici.

— Il s'est passé quelque chose, Arthur, dit Loukas, s'exprimant d'une voix contenue. Un crime a été
commis. Il faut donc poser des questions, enquêter.

— Je n'ai rien fait.

— Vous voulez nous aider à trouver le coupable ?
Alors répondez à quelques questions.

Slater espéra qu'il n'allait pas être malade. Il se
sentait pris de faiblesse et en voulait à son corps, son
corps si soigneusement entraîné, qui ne semblait pas
répondre à ses besoins actuels. Il tenait essentiellement à se conduire comme doit le faire un homme.

— Parlez-nous de votre soirée, dit Loukas.

— Ma soirée ?

— Qu'est-ce que vous avez fait ce soir ?

— Rien. Enfin... j'étais chez moi. J'ai regardé la
télé.

— Qui était avec vous ?

— Personne. Je vis seul.

— Vous regardiez la télévision tout seul ?

— Oui.

— C'est dommage, Arthur.

— Très dommage. Vous êtes sûr que personne n'est passé un instant ?

— Non ! qu'y a-t-il de mal...

— Avez-vous téléphoné à quelqu'un, Arthur ?

— Non. Je n'ai pas le téléphone. Ça n'est pas un crime.

— Voyons, du calme, Arthur. Répondez simplement aux questions.

— Vous regardiez la télévision. A quelle heure avez-vous commencé ?

— Je ne sais pas exactement.

— Réfléchissez, Arthur. Quels programmes avez-vous vus ?

— Les nouvelles. Oui, les nouvelles.

— Quoi d'autre ?

— J'essaye de me rappeler.

— Ça ne devrait pas être bien difficile de se rappeler. Ça ne remonte pas tellement loin.

— Je peux me rappeler ce que je faisais il y a quelques heures, Arthur. Mais moi, j'ai la conscience tranquille.

— Que voulez-vous dire ? Je n'ai pas l'habitude d'être tiré hors de chez moi. Brutalisé, emmené comme un vulgaire criminel au commissariat. Malmené interminablement.

— Personne n'a porté la main sur vous, Arthur.

— Pourquoi suis-je ici ?

Victor Fellows prit la parole.

— Dites-le lui.

— Viol, dit Petersen.

L'attention de chacun était rivée sur Slater. Son visage aux traits lourds changea peu à peu d'expression. Ses paupières palpitèrent avant de se fermer et il rejeta la tête en arrière. Un étrange son sortait de sa gorge. Il riait.

Henderson se balançait d'avant en arrière, bien d'aplomb sur la plante des pieds.

— Vous trouvez ça drôle, Arthur ?

— Qui ai-je violé ? demanda Slater.

— Alors vous avouez ? demanda Petersen.

— Qui suis-je censé avoir violé ? corrigea Slater.

Loukas recula vers le mur. Quelque chose clochait, mais il n'aurait su dire quoi. Slater était terrifié, et c'était normal. Mais sa terreur n'était pas née de sa culpabilité. Il y avait autre chose d'extrêmement étrange. Mais quoi ?

— Vous avez été désigné par la victime, dit Henderson. Vous l'avez emmenée en voiture dans un coin désert et l'avez forcée à subir vos assauts.

— Même si vous ne l'avez pas forcée, dit Petersen, elle est mineure, moins de seize ans.

Victor Fellows se planta devant le professeur, le toisa d'un regard sévère.

— Trois femmes ont été agressées, Arthur, et tuées. Maintenant, vous êtes accusé de viol par une mineure. Elle vous a nommément identifié. Réfléchissez donc, mon vieux, aucun jury ne peut manquer de vous condamner étant données les circonstances.

Slater s'agita sur sa chaise. La sueur lui coulait entre les omoplates. Son caleçon avait tourné, lui sciant l'entrejambe. Mais il n'osait pas porter la main à *cet endroit-là* !

— On vous a vu avec la fille, dit Henderson. Belle Stafford. Une de vos étudiantes.

— Qu'est-ce qui vous a arrêté cette fois ? demanda Petersen.

— Arrêté !

— Vous avez tué les trois autres. Pourquoi pas Belle ? Pourquoi avez-vous décidé de la laisser filer ?

Les yeux d'Arthur, affolés, roulaient dans tous les sens.

— Je n'ai jamais eu de sympathie pour cette fille.

— C'est pour ça que vous avez fait le coup, pour la punir ?

Victor Fellows se pencha en avant et Slater eut un mouvement de recul.

— Le jury serait peut-être favorablement impressionné en apprenant que vous avez épargné Belle Stafford à cause de sa jeunesse.

— Qu'est-ce qui vous arrive, Arthur ? dit Petersen. Un besoin irrésistible ? Vous devenez dingue, c'est ça ?

— Les aveux vous soulageront, Arthur, déclara Henderson.

Loukas se racla la gorge.

— Tom, reste ici avec Arthur. J'aimerais vous dire quelques mots, messieurs.

Ils se groupèrent autour de la fontaine à eau, dans l'entrée. Loukas se pencha pour boire, puis se rappela qu'elle était cassée depuis près d'un an.

— C'est lui, dit Henderson. Ça ne peut être que lui.

— Pourquoi ? fit Loukas.

— Parce que c'est le seul que nous ayons, répondit aussitôt Victor Fellows. Parce que je peux étayer une accusation contre lui, obtenir une condamnation. Du moment que la fille s'en tient à sa version et l'identifie.

— Ça ne me plaît guère, dit Loukas.

— Theo, commença Henderson d'un ton rogue, il faut bien qu'on progresse.

— Ça ne colle pas, dit Loukas.

— Ça colle parfaitement, répliqua vertement Fellows. Ça colle si la fille dit que c'est lui. Elle l'a désigné. Et le médecin a confirmé qu'elle venait d'avoir des relations sexuelles. Ça colle si nous pouvons obtenir des aveux. Ou trouver d'autres étudiantes qui ont eu des relations illicites avec lui. Qui sait combien de filles innocentes ont été souillées par cet homme !

Belle Stafford n'avait pas frappé Loukas par son innocence. Il y avait de la dureté dans son joli visage qui dénotait pas mal de rouerie et d'expérience. La même expression hostile qu'il avait déjà remarquée sur le visage de la mère de Belle, un avant-goût de la personne qu'elle deviendrait.

— N'empêche que ça ne me plaît pas, répéta Loukas.

Fellows reprit d'un ton uni :

— Nous avons une situation parfaitement claire. Une victime sur au moins un point, l'âge. Une identification formelle. Slater peut très bien être celui que nous recherchons. Regardez-le, regardez cette carrure. Il est assez costaud pour tabasser une femme à lui en faire perdre conscience, assez costaud pour étrangler un cheval. Et ce n'est pas le genre d'homme qui doit attirer les femmes, en plus.

— Vous voulez dire, commenta Henderson, qu'il est obligé de se donner du mal pour avoir des femmes ?

— Exactement. Ce qu'il faut, c'est continuer à l'asticoter. Il va craquer, j'en suis sûr. Il avouera les autres meurtres. Je suis convaincu que c'est le coupable.

— Êtes-vous prêt à l'inculper ? demanda Loukas.

Victor Fellows prit la mine grave qu'il aurait pu adopter dans une salle d'audience :

— Nous l'inculperons de Viol au Premier Degré et de Viol au Troisième Degré. Amenez la fille et sa mère ici demain matin et enregistrez leurs dépositions. Procédez également à une identification. Effectuez des recherches sur le compte d'Arthur. Il a certainement eu déjà affaire à la police. Il va craquer, je vous dis. Il avouera les autres meurtres et l'affaire sera dans le sac.

*

Loukas éteignit les phares et leva le pied de l'accélérateur.

La Valiant s'engagea silencieusement dans Homestead Lane. Il gara la voiture sur le bas-côté de la route, sous les arbres, et coupa le contact.

Dans l'obscurité, il vérifia le numéro 22. Samuel Lubin, président d'une firme de recherches en marketing, était propriétaire de la massive demeure de style colonial, y vivait avec sa famille depuis près de huit ans et louait le petit bungalow attenant à divers locataires. En ce moment, il était loué à Arthur Slater.

Loukas, armé d'une torche électrique, contourna sans hâte la vaste maison. Le bungalow, d'un seul étage, était doté d'une étroite galerie le long de la façade. La serrure à ressort céda facilement sous la pression de la tige en acier flexible que Loukas avait toujours sur lui. Une fois entré, il tira les rideaux et les doubles rideaux, et se servit ensuite de sa torche électrique pour regarder tout autour de lui.

Il se trouvait dans le living-room. Un vieux divan était placé en face de la cheminée d'angle et un tapis tressé à l'ancienne recouvrait le sol. Dans l'autre angle en face du divan, une télé portative était posée sur une petite table. Des magazines et des journaux traînaient et il y avait des livres partout. Les étagères en étaient surchargées et il y en avait des piles par terre ou entassées sans aucun soin sur des chaises. Loukas n'avait jamais vu autant de livres, à part dans une bibliothèque. Il lut quelques titres et s'émerveilla de l'éclectisme d'Arthur Slater.

Il fit ensuite pivoter le faisceau de sa lampe autour de la pièce. Sur le mur du fond, accrochées à des patères de bois en séries régulièrement espacées, se trouvaient des armes à feu de toutes tailles et de tous genres. Certaines relativement récentes, la plupart anciennes. Fusils, carabines, pistolets. Une Sprinfield 1903, dont les parties métalliques étaient chromées et étincelantes ; un fusil de l'Armée japonaise, calibre 22 ; un vieux tromblon ; un derringer pas plus grand que la main ; un magnum 357 que Loukas avait entendu appeler « La Bête ». Toutes les armes étaient propres, huilées, les pièces du mécanisme en état de marche. Arthur Slater était un fanatique des armes à feu. Loukas songea que ça allait de pair avec ses muscles énormes, dont elles étaient en quelque sorte le prolongement.

Il braqua sa torche sur la minuscule cuisine. Des assiettes sales étaient empilées dans l'évier, la poêle à frire n'avait pas été nettoyée depuis des jours, sur la paillasse était posée une boîte de pêches au sirop, ouverte. Arthur Slater n'était pas doué pour le ménage.

Loukas se dirigea ensuite vers la chambre à coucher. Il trouva un lit à une place, défait, une commode contenant des sous-vêtements, des chaussettes, quelques chemises, une penderie renfermant deux complets, une épaisse veste en laine, un imperméable et quelques cravates. Une paire de souliers de marche usés et une paire de baskets étaient posées à côté d'une valise bon marché.

Dans un coin de la chambre étaient entreposés des poids et des haltères, une machine à ramer, une bicyclette fixe.

Loukas retourna dans le living-room. Sur le bureau il trouva des lettres provenant de diverses parties du monde. Elles étaient disertes, décousues, traitaient de sujets qui ne pouvaient l'intéresser. Un album de timbres à moitié plein était ouvert sur le bureau, à côté d'une boîte à cigares pleine de vieilles pièces de monnaie, y compris deux pièces d'or de vingt dollars. Arthur Slater collectionnait toutes sortes de choses.

Un échiquier magnétisé, disposé comme si une partie était en cours, attira l'attention de Loukas. Slater jouait-il contre lui-même ? Ou par correspondance avec un ami ? Ou encore par téléphone ? Il balaya le mur d'un coin à l'autre ; pas de téléphone, comme l'avait dit Arthur. Apparemment, il n'éprouvait pas le besoin d'utiliser ce moyen de communication moderne.

Loukas fouilla les tiroirs du bureau, ne trouva rien. Il s'assit et s'efforça de donner un nom à ce qu'il était venu chercher là. Une quelconque suggestion indiquant le genre de personnage qu'était Arthur Slater, la clef de sa véritable personnalité.

Loukas s'agenouilla par terre. Les magazines, à l'exception de quelques manuels de culture physique, ne lui apprirent rien : *Time*, *Playboy*, *Rolling Stone*, *Atlantic*, *The Saturday Review*. Toujours à genoux, Loukas se dirigea vers les livres le long des murs, parcourut les titres des yeux. Arthur Slater s'intéressait particulièrement aux vies des grands hommes, biographies de Jefferson, Bismarck, Napoléon et autres. Il y avait des livres d'histoire, concernant la guerre en particulier. Il y avait une encyclopédie en un volume des armes à travers les siècles, depuis l'Age de Pierre jusqu'au Vietnam. Pour Loukas, c'était parfaitement cohérent, ça correspondait à ce que Slater paraissait être.

L'attention du policier fut alors attirée par une rangée de classeurs à feuillets amovibles. Tous de couleurs différentes, sept en tout. Il supposa qu'ils contenaient quelque travail académique effectué par Slater, quand il était au collège, par exemple, et qu'il avait décidé de garder. Par pure curiosité, Loukas prit un des classeurs, l'ouvrit au hasard et commença à lire. Soudain en proie à une grande excitation, il poursuivit sa lecture. Arthur Slater avait tenu un journal détaillé de sa vie, esquissé les grandes lignes d'une autobiographie.

Loukas prit tous les classeurs de l'étagère et les disposa dans l'ordre chronologique, d'après les dates indiquées à la première page. Il s'installa ensuite sur le vieux divan et se mit à lire.

Le jour filtrait derrière les doubles rideaux quand Loukas trouva enfin ce qu'il cherchait. Trois pages d'écriture en simple interligne. Douloureusement transcrite, l'angoisse de l'auteur transparaissait dans chaque page. Loukas relut les trois pages. Quand il partit, il emporta les classeurs.

*

Au Fort, Loukas demanda au policier de service à la réception de prévenir le Capitaine Henderson qu'il était là, donna l'ordre d'aller chercher Arthur Slater dans la cellule de détention, puis il gagna le Bureau des Inspecteurs. Il emplit un gobelet de café et mâchonna un beignet rance.

Henderson arriva le premier, son long visage tiré et marbré, le menton abaissé sur la poitrine.

— Mais nom de Dieu, Theo, qu'est-ce qui se passe ? Et si je vous supprimais un jour de paye pour ne pas vous être manifesté ce matin ? Vous êtes sous mes ordres, n'oubliez pas. (Il se laissa choir sur une chaise, posa les pieds sur le bureau métallique.) C'est pas le moment de déconner, Theo, c'est tout ce que je peux vous dire. C'est pas le moment !

Un agent apparut en compagnie d'Arthur Slater. Le professeur n'était pas rasé et il avait le regard terne, les yeux striés de rouge.

126

— Asseyez-vous, Arthur, dit Loukas qui fit signe au policier de sortir.

— Vous avez devant vous un homme mécontent, Theo, dit Henderson. Extrêmement mécontent.

— Arthur n'a pas fait le coup, dit Loukas.

— Je suis de plus en plus mécontent, Theo.

— Je peux le prouver, fit Loukas. Arthur peut le prouver.

Le professeur le fixait sans comprendre.

Henderson reprit la parole, presque d'un ton de souffrance.

— Seigneur, Theo, cette ville attend une arrestation.

Loukas posa la main à plat sur la pile de classeurs posés sur son bureau. Il observait Arthur.

Le professeur oscillait lentement sur sa chaise, sans émettre un son.

— Qu'est-ce que c'est, ça ? s'enquit Henderson. Qu'est-ce qui se passe ?

Victor Fellows fit irruption dans le bureau. Il portait un complet bleu foncé à fines rayures blanches, une chemise bleue et une cravate bleue ornée de minuscules ancres rouges. Son sourire était éclatant, son attitude pleine d'assurance.

— Messieurs, qu'est-ce qui nous amène ici ? Avez-vous décidé d'avouer, Arthur ? Ça nous simplifierait la vie à tous.

— Arthur est innocent, dit Loukas.

— Nom de dieu, Theo, fit Henderson.

Victor Fellows se tourna vers Loukas, les yeux étincelants, agressifs.

— Nous avons un dossier solide. La victime maintiendra sa plainte. M^me^ Stafford et sa fille se présenteront devant le Juge Portabello demain à une heure.

— Ça ne tiendra pas, dit Loukas. Et ne comptez pas sur les Stafford.

Fellows prit la parole d'une voix étonnamment aigre.

— Vous commettez une grave erreur, sergent Loukas.

— Je fais mon métier, dit Loukas.

— Il est coupable, insista Fellows.

La douleur taraudante se réveilla soudain dans l'estomac de Loukas. Il s'abstint d'y porter la main.

— S'il l'était, ce serait en effet commode. Mais Arthur n'a jamais violé cette fille, ni aucune des autres. Il ne pouvait pas.

— Réfléchissez un peu, Theo, intervint Henderson d'un ton irrité. Regardez ce salaud, il est fort comme un taureau.

Loukas prit à la main un des classeurs.

— Tout est expliqué là-dedans.

Henderson regardait le classeur comme s'il s'attendait à le voir exploser.

— Mais qu'est-ce que c'est, bon Dieu ?

— C'est à moi ! s'écria Arthur Slater au désespoir. Vous n'avez pas le droit de lire ça !

— J'essaye de vous aider, Arthur, dit Loukas.

— C'est personnel ! protesta le professeur. C'est mon travail personnel.

— Faites voir, dit Victor Fellows en tendant la main.

Loukas ne lui prêta aucune attention.

— Pour l'amour du ciel, Arthur, dites la vérité.

— Vous n'aviez pas le droit d'aller chez moi, gémit Slater. Je ne vous y ai pas autorisé.

— Des preuves acquises illégalement... commença Fellows qui s'interrompit, un mince sourire aux lèvres.

— Un instant, dit Henderson. Êtes-vous entré chez lui illégalement, Theo ? Vous feriez peut-être mieux de ne rien dire.

— Dites-leur, Arthur, déclara Loukas. Dites-leur ou je m'en charge.

Slater se mit à trembler.

Henderson tendit la main vers le classeur.

— Mais enfin, c'est un vrai asile de dingues, ici ! Je dirige un cirque, pas la police. Qu'est-ce que c'est que ce livre, bordel de Dieu ?

Loukas tenait toujours le classeur.

— Arthur, vous préférez passer les vingt années à venir en prison ? Ça ne vous plaira guère, Arthur. Ça ne vous plaira même pas du tout.

— Je n'ai jamais rien fait de mal, fit Slater d'une voix faible.

— Dites-leur.

Slater regardait autour de lui, comme à la recherche de secours.

— Pourquoi serais-je puni alors que je suis innocent ?

— Dites-leur, répéta Loukas.

Les épaules de Slater s'affaissèrent et il baissa les yeux, fixa le parquet.

— Je n'ai jamais rien fait à cette fille. A Belle. Je ne suis pas de ce genre d'hommes. Et à ces autres femmes non plus. Ce n'est pas dans ma nature de faire du mal aux gens. Je ne ferais jamais rien à une femme.

— Bon Dieu de bon Dieu, grommela Henderson.

— Prouvez-le, dit Victor Fellows, qui s'efforçait de rester maître de lui.

— Parlez-leur de votre journal, dit Loukas.

— Tout est dans le cahier, dit Slater.

— Il s'agit du journal de la vie d'Arthur, expliqua Loukas. Une sorte d'autobiographie.

— Je ne pige pas, s'étonna Henderson. Il voulait écrire un livre, et alors ?

— Un document servant à sa propre défense, dit Victor Fellows. Ça n'est pas une preuve éclatante.

— Arthur n'a pas de relations sexuelles avec les femmes, dit Loukas. Jamais. Ça ne lui est jamais arrivé.

— Un pédé, commenta automatiquement Henderson.

— Pas exactement, répliqua Loukas dont les mots furent couverts par les brusques vociférations d'Arthur Slater.

— Ce n'est pas vrai ! hurlait Slater, les poings levés et crispés, les avant-bras serrés l'un contre l'autre et agités de tremblements. Ne m'appelez pas comme ça ! Je ne suis pas ce que vous dites ! Je ne le suis pas !

Fellows entreprit de commenter l'aspect légal de la situation.

— Un homosexuel peut très bien commettre des viols et des meurtres. Un homosexuel pourrait très bien éprouver tout au fond de lui-même une haine farouche pour les femmes, toutes les femmes. Un homosexuel pourrait aller jusqu'à commettre ce genre d'agressions, reflets de son hostilité. Je crains, sergent Loukas, que rien de ce qui nous a été révélé jusqu'ici ne modifie la situation.

Loukas se tourna vers Slater.

— Ou bien vous leur dites, Arthur, ou je le leur dis moi-même.

Slater s'était recroquevillé sur place, le corps affaissé, les yeux presque clos, la respiration courte.

— Très bien, dit Loukas. (Il voulait tout déballer cette fois, se soulager de cette responsabilité.) Un soir, le père et la mère d'Arthur, alors qu'il avait neuf ans, se sont saoulés. Ils buvaient beaucoup, vous comprenez, ils faisaient la foire. Arthur était habitué au bruit, aux réceptions de copains, aux querelles qui s'ensuivaient.

— Au fait, Theo, dit Henderson.

— Ce soir-là, ça a été différent. A un moment au cours de la nuit, la mère d'Arthur est entrée dans sa chambre...

— Comme font toutes les mères, pour voir si les enfants dorment, coupa Fellows.

— ... elle s'est glissée dans son lit...

— Bon Dieu, fit Henderson.

— Tout ce qu'on peut faire à un homme, elle l'a fait au gosse. Tout, ajouta Loukas.

Henderson fit le signe de la croix.

— Je n'en crois rien, dit Fellows.

Loukas poursuivit :

— Le père d'Arthur est entré. Il a sorti la mère de la chambre, puis il est revenu. Il a rendu Arthur responsable de ce qui s'était passé, l'a traité de monstre et l'a battu. Il a dit que tout était de la faute d'Arthur. Il a dit au gosse que sa seule façon de se racheter, c'était d'avoir une conduite exemplaire. Et depuis, Arthur s'y est toujours efforcé.

— L'histoire racontée dans ce livre n'est peut-être pas vraie, dit Fellows. Les gens se laissent emporter par leur imagination.

Loukas considéra d'un regard froid le Procureur de la Circonscription.

— Ça vous démange de mettre la main sur ce pauvre diable. Ça ne marchera pas, Monsieur Fellows. Ça ne peut pas marcher.

Fellows se tourna vers Arthur Slater.

— Vous dites que vous écriviez un roman, de la fiction. Et c'est bien ce dont il s'agit, d'une œuvre d'imagination, n'est-ce pas, Arthur ?

— Ce sont des faits, et non pas de la fiction, dit Loukas. Arthur ne peut rien faire avec une femme. Aucune femme.

— Pourquoi pas ? demanda Henderson qui brusquement comprit. Bon Dieu, vous voulez dire qu'il ne peut pas bander ?

— Il ne peut pas.

Arthur se mit à pleurer.

— Il a essayé, dit Loukas. Avec des filles qu'il connaissait, des putains, des femmes plus âgées. Rien à faire. Il y a plus de dix ans qu'il n'a même pas approché une femme. Tout est expliqué là-dedans.

— Ça ne change rien, dit Fellows. Belle Stafford a désigné Slater et elle est mineure. On peut le coincer là-dessus, grâce au témoignage de la fille.

— Pas avec ce livre au dossier, dit Loukas. De toute façon, ajouta-t-il en observant le visage de Fellows, elle va retirer sa plainte.

Le regard de Fellows durcit et il pinça les lèvres.

— Il n'en est pas question !

Loukas fit un bel effort pour ne pas laisser percer sa satisfaction :

— J'ai montré le livre à Belle et à sa mère. Je leur ai peut-être même flanqué la frousse, qui sait. En tout cas, entre le livre et moi, elles se sont laissées convaincre et, du coup, mises à table. Il semble que Belle aime beaucoup les hommes. Cette fois elle est rentrée chez elle dans un état qui laissait supposer qu'elle s'en était payé une tranche, et M<sup>me</sup> Stafford s'est flanquée en rogne. Elles se sont disputées. La fille ne voulait pas dire qui lui avait fait ça. Il semble qu'elle a dit du gars que c'était quelqu'un de spécial, un véritable chopin. Elle voulait le protéger, le garder pour s'en servir plus tard, je suppose. C'est à ce moment-là que le nom d'Arthur a été prononcé.

— Je n'en crois rien, dit Victor Fellows. Je leur parlerai.

— C'est la mère qui a pensé à Slater. Il semble qu'Arthur ait un jour ramené la fille chez elle, et M<sup>me</sup> Stafford les a vus ensemble. Du coup, elle en a déduit qu'Arthur était l'amant de sa fille.

— Et voilà ! dit Victor Fellows. Vous me fournissez des arguments.

— Pas vraiment. J'ai parlé à Rita Westphal, la directrice du collège. Belle n'est pas une étudiante très brillante. Elle n'a pas sa moyenne au cours de Slater. Elle m'a avoué qu'elle avait essayé de lui soutirer sa moyenne pour passer dans la classe au-dessus, qu'elle avait essayé de séduire Arthur. Il l'a repoussée.

— C'est la version d'Arthur, dit Henderson à tout hasard.

— Non, celle de Belle, rétorqua Loukas. Mais quand sa mère a prononcé le nom de Slater, Belle s'est dit qu'elle pouvait protéger son petit ami et attirer des ennuis à Arthur par la même occasion. Délicieuse, cette petite.

— Ce sont les Stafford qui vous ont dit ça ? s'enquit Henderson.

— Alors, comment s'appelle-t-il ? demanda Fellows. Le gars qui a couché avec elle ? Ça pourrait être celui que nous cherchons.

— La fille refuse de donner son nom.

— Parfait, fit Henderson.

— Vous croyez à cette histoire fantastique ? demanda Fellows.

— J'ai parlé à d'autres personnes ce matin. Certains des élèves d'Arthur et certains autres professeurs, dit Loukas. Quelle que puisse être l'opinion des élèves sur Arthur, pas un seul n'a même suggéré qu'il ait jamais fait des avances à une étudiante. Les autres professeurs disent qu'il a des défauts comme tout le monde, qu'il est solitaire, que c'est un vrai ours, mais un excellent professeur et un homme respectable.

« Quant à Belle Stafford, elle a fait son numéro de séduction avec au moins trois autres professeurs, dont l'un était une femme, si j'ai bien compris. Je ne pense pas que vous puissiez compter sur Belle Stafford comme témoin, monsieur le Procureur. Elle ne tiendra pas le coup à la barre.

— Pourquoi ? dit Henderson. Pourquoi a-t-elle fait une chose pareille ?

Loukas haussa les épaules.

— Ça n'a rien d'original. On trouve ça dans la

Genèse, dans l'Ancien Testament. La femme de Putiphar essaye de séduire Joseph et comme il refuse, elle l'accuse de l'avoir violée. Une femme rejetée, je suppose...

— Eh bien, dit Fellows au bout d'un moment, en étirant sa bouche charnue en un sourire qu'il voulait généreux. Il semble donc qu'on ne puisse relever aucune charge contre vous, Arthur. C'est ça le mérite de notre justice. Vous êtes libre de vous en aller, Arthur. Vous n'avez plus de soucis à vous faire.

— Plus aucun, ajouta Henderson.

# CHAPITRE X

Il se dressa brusquement sur son séant, dans le lit étroit, submergé par l'émotion. Pendant un long moment, il demeura immobile, les yeux rivés sur les images changeantes qui défilaient dans sa tête. Un violent frisson le secoua et il se leva pour aller se planter devant le grand miroir.

Le slip en nylon blanc qu'il portait moulait ses partiés. Il leva les yeux. Le corps reflété dans la glace était robuste, bien proportionné, les muscles visibles sous la peau lisse et glabre.

Il raidit ses jambes et les muscles de ses cuisses se gonflèrent. Il se hissa sur la pointe des pieds et admira la musculature puissante de ses mollets.

Il plia le bras droit. Son biceps formait une boule ronde et dure. Les tendons et les veines visibles le long de ses bras allaient se perdre dans les épaules larges et vigoureuses. Il examina sa posture. Presque militaire. Il avait la poitrine large, le ventre plat et musclé. Un corps parfait, sans un défaut, sans la moindre imperfection.

Un geste rapide, fruit d'une longue habitude, et le slip blanc fut enlevé. Il contempla dans la glace son sexe inerte, puis gagna la salle de bains et prit une paire de ciseaux dans la boîte à pharmacie. Il étala ensuite une serviette de bain propre sur le sol et se posta dessus, jambes écartées. Avec soin, d'une main ferme et habile, il se coupa les poils du pubis.

Ce travail terminé, il prit une douche. Il mouilla d'abord son corps, puis se savonna ensuite, se couvrant d'une mousse épaisse. Il se nettoya le bas-ventre avec une éponge spéciale, plus douce. Il se rinça abondamment, puis répéta l'opération. Il se sécha ensuite avec précaution, se tapota avec une serviette. Il se mit du talc sous les bras, sur les pieds, autour des parties. La lotion après rasage lui brûla les joues.

De retour dans la chambre à coucher, il mit un caleçon blanc propre, un pantalon kaki amidonné, une sweat shirt repassée de frais, des chaussettes blanches, une paire de mocassins. Il se dirigea sans hâte vers son établi, examina la grosse boule informe d'argile qui y était posée. Elle brillait, humide, sous la lumière amortie, attendant ses mains magiques pour être transformée en un objet chargé de signification et de beauté. Il attendit une brusque inspiration venue d'en haut pour stimuler son génie ; rien ne vint.

Reculant d'un pas ou deux, il ferma les yeux. Il lâcha la bride à son esprit. Et ce dernier remonta le temps pour se fixer enfin sur la dernière.

Combien de temps l'avait-il épiée ?

Combien de temps avait-il rêvé de se retrouver à côté d'elle ?

Quelle salope c'était ! Elles étaient toutes les mêmes. Des créatures dégoûtantes prêtes à se livrer à l'acte le plus dégradant de tous ! Se servant de leurs corps pour réduire un homme à l'état de bête bavante ! Diminuant la force d'un homme, le souillant, l'épuisant !

Elles méritaient d'être châtiées. Éliminées. Il laissa glisser ses mains le long de ses flancs, les posa sur son pénis gonflé. Ses doigts se recourbèrent et se fermèrent dessus. De toutes ses forces, il serra.

Ses yeux s'ouvrirent. D'un geste brusque, il abattit ses mains sur la boule d'argile molle et humide, lui donnant forme, la pressant. Comme de la lave jaillissant de la terre, elle s'étira vers le haut, s'élargit. Il attaque aussitôt cette colonne, la poignardant, la façonnant du bout du doigt, jusqu'à ce que des lèvres apparaissent dans l'argile grise. Des lèvres entrouvertes, invitantes.

— Sale connasse !

Un couteau de chasse à manche d'os était posé sur la table. Il s'en saisit, leva le bras et l'abattit à toute volée, enfonçant le couteau entre les lèvres de l'œuvre qu'il venait de créer.

Gémissant, comme terrassé par la douleur, il se laissa choir à genoux, bataillant avec sa braguette, cherchant désespérément à empoigner son sexe. Il se roula sur le sol, attendant que son tourment s'apaise.

# CHAPITRE XI

Arthur Slater s'avançait dans le couloir nord du Collège d'Arcadia. Il regardait droit devant lui, les mâchoires crispées, son corps massif rigide, prêt à subir l'assaut. Des murmures et des petits rires le suivaient, de plus en plus bruyants, de plus en plus distincts. Des voix impitoyables qui perçaient toutes les défenses.

— Alors, tu bandes, Arthur ?

— Viole-moi, mec, viole-moi !

— Couilles molles !

Arthur Slater pivota sur lui-même, la respiration sifflante, terrifiante image de la terreur et de la rage. Les visages se détournèrent, les voix s'estompèrent.

Il chercha un endroit où trouver la sécurité. Dans une salle de classe déserte, il s'immobilisa derrière la porte de chêne, tremblant, faible, terrifié.

Lorsqu'il réussit à se ressaisir, il gagna le bureau de la directrice.

— Je voudrais voir M^me Westphal, dit-il à la secrétaire.

C'était une femme rondelette pour laquelle Slater n'avait jamais éprouvé de sympathie. Il n'y avait aucune émotion visible sur son visage rond, aucune considération pour les autres. Elle avait une voix stridente, maussade.

— M^me Westphal est très occupée ce matin.

Il eut envie de la frapper, de la punir pour son manque de compréhension et de compassion. Mais en fait, il avait toujours su qu'il en était ainsi ; aucun d'entre eux n'étaient des êtres sensibles. C'était des créatures égoïstes, méchantes, sans affection ni bonté.

— J'insiste, Madame Delaney. Il est impératif que je voie M^me Westphal. Immédiatement.

La tension qui émanait de lui la terrifia et elle entra dans le bureau de la directrice. Elle en ressortit presque aussitôt.

— Vous pouvez entrer, monsieur Slater.

La directrice leva la tête de son travail. Elle arborait soigneusement une expression absorbée, celle d'une femme très occupée, mais non indifférente. Slater ne lut sur ses traits qu'un jugement qui le rejetait. M^me Westphal s'enquit d'un ton net, précis :

— De quoi s'agit-il, Arthur ? Vous tombez mal, aujourd'hui.

Elle avait décidé de le traiter comme si rien ne s'était passé. Aucune accusation n'avait été retenue contre lui. Il était libre, innocent ; c'était à lui qu'on avait fait du tort.

Il interpréta son attitude comme une condamnation.

— J'ai eu des problèmes... commença-t-il d'un ton hésitant.

M^me Westphal enleva ses lunettes.

— Une erreur a été commise, Arthur. C'est terminé.

Elle feignait de le croire et elle le savait. D'ici demain, dans la moitié des foyers d'Arcadia, circulerait une version grotesque, déformée, de la situation dans laquelle se trouvait Arthur Slater. Sa personnalité, son caractère, son histoire, tout serait dramatisé afin de rendre l'incident plus intéressant, les cancans plus insidieux. Elle recevrait à son bureau des coups de téléphone de parents inquiets, demandant s'il avait vraiment le droit d'enseigner à leur progéniture. Des comités se formeraient pour la « protection de nos enfants ». Le Syndicat des Professeurs serait blâmé et la Direction de l'école attaquée. Arthur Slater, elle le savait, avait été transformé en un être dangereux qui constituait une menace pour les enfants et leur éducation.

Slater prit la parole d'une voix morne

— Je donne ma démission.

— Vous n'êtes pas obligé de faire ça, Arthur. (La directrice s'exhorta à ne pas se donner trop de mal pour le persuader de rester. En donnant sa démission, il leur faciliterait la tâche à tous. Il pourrait s'en aller, trouver un poste ailleurs, et la vie au Collège d'Arcadia continuerait comme avant. M<sup>me</sup> Westphal jugea soudain qu'elle n'avait pas lieu d'être bien fière d'elle-même.) Restez, Arthur, dit-elle. Nous lutterons ensemble.

— Tout le monde est au courant.

— L'accusation n'a pas été retenue.

— Ils parlent tous de moi, de ce que je suis. Mais ça n'est pas vrai, tout ce qu'on dit.

— Vous êtes un excellent professeur. C'est la seule chose qui importe à mes yeux.

— Je vous remettrai ma lettre de démission.

Elle acquiesça d'un signe de tête. C'était un homme vaincu, usé, au visage tiré, à la peau blafarde. La façon même dont il se tenait trahissait la défaite.

— Réfléchissez jusqu'à demain. Revenez sur votre décision. Vous pouvez toujours changer d'avis.

A la porte, il s'adressa à elle sans la regarder :

— Merci de ne pas vous être moquée de moi.

*

Arthur Slater écrivit sa lettre de démission ce soir-là. Il la relut, changea quelques mots, la tapa sur sa machine portative et la signa. Il trouva un timbre et alla poster sa lettre à la boîte du bord de la route. Le facteur la ramasserait dans la matinée et la directrice l'aurait le lendemain.

De retour chez lui, il mit la main sur un sac en plastique, qu'il emporta dans le living-room et qu'il étala soigneusement sur la table. Il alla ensuite décrocher du mur le revolver Magnum Smith and Wesson 357 qu'il possédait depuis tant d'années. Il en savoura le contact au creux de sa main, solide, massif, puissant. Une arme d'homme. Dans le tiroir de son bureau, il prit une balle, la glissa dans le barillet.

Il alla s'asseoir sur le vieux divan défoncé et posa la Bête sur ses genoux. Méticuleux, il enfila sur sa tête le sac en plastique, soucieux de ne pas faire de saletés, puis fourra le canon de la Bête dans sa

142

bouche. Le goût du métal froid lui parut légèrement désagréable, mais sans excès.

*

Duncan Road, qui partait en biais de Main Street, se terminait par un terre-plein. Les rues qui la bordaient étaient pour la plupart banales et étroites. C'était une artère tranquille où la circulation était rare. Loukas ne se rappelait pas y être jamais venu. Il arrêta la Valiant devant une maison grise en bardeaux.

— Aménagée en appartements, dit Tom Petersen. Quatre ou peut-être même cinq. Je parie que le propriétaire n'est pas en règle. Je parie que la Commission d'Urbanisme n'a pas donné son accord.

— Quand tu n'auras rien de mieux à faire, fit Loukas d'un ton sec, vérifie. Pour le moment, essayons de nous en tenir à l'affaire en cours.

Ils entrèrent et grimpèrent un escalier branlant jusqu'au premier. Au fond, ils trouvèrent l'appartement de Jane Bonner. Une jolie rousse aux yeux verts vint leur ouvrir.

— Excusez-moi, miss, dit Loukas. Je cherche Miss Jane Bonner.

— Elle n'est pas là.

— Vous partagez son appartement ? demanda Loukas.

La fille les dévisagea avec méfiance.

— Qui êtes-vous ?

Loukas montra son insigne.

— Sergent Loukas, de la Police d'Arcadia.

Soulagée, la fille se détendit.

— Je suis un peu nerveuse depuis quelque temps, avec tout ce qui se passe. Qu'est-ce que vous voulez à Jane ?

— Vous voulez bien nous dire votre nom, miss ?

— Holly Mason.

— J'aimerais vous poser une ou deux questions, Miss Mason, dit Loukas. Vous permettez ?

— Bien sûr. (Elle ouvrit la porte toute grande et s'effaça.) Entrez donc.

L'appartement était encombré, petit et bourré de meubles. Loukas enregistra le décor d'un seul regard, puis adressa à la fille un sourire encourageant.

— Où est Jane ce soir ?

— Sortie.

— Son petit ami ? demanda Petersen.

Holly tourna la tête vers lui.

— Son petit ami ? Jane n'a pas de petit ami. Personne de régulier.

— Et Virgil alors ? demanda Petersen.

— Qui ?

— Virgil Reiser, précisa Loukas d'un ton uni.

Holly répéta le nom à haute voix.

— Oh, je sais. Le livreur du marché.

— C'est bien ça.

— Elle n'est jamais sortie avec lui. Mais il en pince pour elle ; il n'arrête pas de la reluquer.

— Vous voulez dire qu'ils ne sont jamais sortis ensemble ? Pas une seule fois ? demanda Petersen.

— Jamais. Jane aime bien la bonne vie. C'est pas un simple livreur qui peut s'offrir Jane. Non pas qu'elle ne s'intéresse qu'à l'argent, ajouta-t-elle vivement.

— Alors ça ! dit Petersen à Loukas.

— Vous dites que Virgil est toujours en train de regarder Jane, dit Loukas à Holly. Est-ce qu'il traîne dans le coin, surveille la maison ?

— Je ne pense pas. (Elle croisa les bras sur sa poitrine, s'attrapa par les avant-bras.) Ça me ficherait la trouille. J'espère bien que non. Non, je parlais du marché.

— C'est là que vous faites vos courses, avec Jane, dit Loukas.

— Jane y travaille, dit Holly. Elle est caissière.

Petersen consulta Loukas du regard mais n'obtint aucune réaction.

— Ça a quelque chose à voir avec les meurtres ? s'enquit Holly.

— Une simple enquête de routine, répondit Loukas. Inutile de dire que nous sommes venus à qui que ce soit, sauf à Jane.

— J'espère que vous allez l'attraper bientôt, ce gars, dit-elle. Vous allez le trouver, n'est-ce pas ?

— Nous le trouverons, dit Loukas, avec plus d'assurance qu'il n'en ressentait.

— Elle est gentille, cette môme, dit Petersen quand ils furent revenus à la voiture. Peut-être que je lui filerai un coup de fil.

# CHAPITRE XII


Loukas se gara dans Lemmington Drive entre une Sedan De Ville chartreuse et une Impala citron. A la route privée conduisant en haut de la colline à la maison de Victor Fellows, Sam Barker dirigeait la circulation. Il adressa un petit salut désinvolte à Loukas.

— Je ne savais pas que vous étiez amateur d'art, sergent, dit-il avec un petit rire muet.

— La culture amène de l'avancement dans la police, Sam.

— Je ne savais pas.

— Faut se tenir au courant, mon gars.

Tout en remontant à pied la longue allée, Loukas identifia une Mercedes, une Jaguar, une Porsche, une Rolls-Royce, une Peugeot, deux Fiat, trois Datsun, trois Toyota et six Volkswagen. Les voitures américaines, semblait-il, n'avaient pas la cote à Arcadia.

A l'intérieur, un brouhaha de conversations l'accueillit. Il y avait des gens partout, bavardant par groupes ou par couples, immobiles ou en train de déambuler.

C'étaient les citoyens que Loukas était payé pour protéger. Élégants et raffinés, en pantalons, chemisiers, jupes de Glanos, Saint-Laurent, Pucci, Bill Blass et Halston. Ils parlaient en français ou en allemand ou en espagnol et sillonnaient le monde à bord de jumbo jets, leurs affaires soigneusement emballées dans des bagages de chez Vuitton. Les hommes étaient rasés de près, élégamment vêtus. Les femmes avaient des yeux brillants, des dents éclatantes ; et pas un seul soutien-gorge parmi elles. Loukas jugea qu'il avait commis une erreur en venant.

Une femme s'avança sur lui et il faillit s'enfuir. Elle avait la bouche ouverte, la main tendue.

— Sergent Loukas !

Tous les yeux se braquèrent sur lui et il sentit la sueur perler entre ses omoplates. Il essaya sans succès de se rappeler le nom de cette dame.

— Que je suis contente de vous voir ! roucoula-t-elle. Une vraie maison de fous, n'est-ce pas ? Je me demande d'où ils viennent, tous. Venez donc boire un verre.

C'était la femme de Victor Fellows. Il s'efforça de se rappeler son prénom ; il lui échappait.

— Très belle réception, Madame Fellows.

— Pauline, tout le monde m'appelle Pauline. Le bar est par ici. L'exposition un peu partout. Victor joue les hôtes, quelque part. Amusez-vous bien. Nous trouverons sûrement un moment, plus tard, pour bavarder.

Elle disparut dans la foule.

Loukas prit la direction opposée, et arrivé au bar, demanda une bière.

— De la Miller, si vous en avez, dit-il au barman.

L'homme le considéra comme s'il était un spécimen de laboratoire rare et particulièrement méprisable.

— Pas de bière, fit-il d'une voix traînante.

— Rye and Ginger ale, alors.

Son verre à la main, Loukas battit en retraite. Il goûta à son verre ; du bourbon. Trop compliqué de retourner au bar. Il gagna le hall d'entrée et se trouva une place en face d'une grande toile représentant une tranche de pomme, un couteau à découper et un morceau de gruyère.

Un homme s'approcha de lui, un vague sourire aux lèvres. C'était Ralph Burleigh, le surveillant de nuit au collège.

— Salut, Ralph. Tu aimes la peinture ?

— Ah, j'aime bien regarder les tableaux. Quelquefois, quand j'ai congé, je vais en ville visiter des galeries. On peut entrer comme on veut, vous savez. Gratis. Ça doit être formidable de vivre à New York et de pouvoir faire tout ce dont on a envie.

— Sûrement.

— Bon, il faut que je file. Je suis de garde cette nuit. Il faut que je me change et que j'aille à l'école. A un de ces jours.


Il y avait du punch dans un coin du living-room. Du vin blanc, du ginger ale et des fraises au champagne. Ruth Diamond accepta un verre, but nerveusement une gorgée.

Elle regrettait l'absence de Leo et en même temps elle était contente d'être seule. La présence de Leo était souvent pesante. Rien de ce qu'elle faisait ou disait ne lui plaisait jamais et en public elle craignait toujours de commettre un affreux faux pas qui lui aurait valu des critiques cinglantes. Pourtant, s'il avait été là, elle se serait sentie moins isolée, moins terrifiée.

Elle s'avançait le long du mur, ne consacrant pas moins de trois minutes à chaque tableau. Les créateurs étaient une énigme pour elle, tout comme leurs œuvres. Ce nu, par exemple, des seins serrés l'un contre l'autre et qui évoquaient deux mappemondes blafardes, des bouts d'une couleur cerise, agressive. Qu'est-ce que ça signifiait ?

— Vous avez trouvé ce que ça représentait ? demanda une voix à son oreille.

Elle n'osa pas se tourner vers l'homme qui venait de parler. La question fut répétée, d'une voix plus suggestive. Décidément, elle avait eu tort de venir.

— Est-ce que vous avez été mannequin ? reprit l'homme. Je vous trouve très séduisante.

— J'ai été majorette au collège, se crut-elle obligée d'expliquer. Mais ça n'est pas pareil, bien sûr, ajouta-t-elle d'un ton piteux.

— C'est encore mieux. Vous faisiez tournoyer le bâton ?

— Oh, je n'ai jamais été très douée pour ça.

— Je parie que vous étiez superbe, en majorette.

— Vous vous moquez de moi.

— Non. Je prends plaisir à vous regarder. Vous êtes vraiment très séduisante, très agréable.

Elle recula légèrement et ça le fit rire. Elle vira au cramoisi.

— Vous avez un nom ? demanda-t-il.

Elle le lui dit.

— Et moi, je suis Alan McCambridge. (Il jeta un regard autour de lui.) Lequel est à vous ?

— Lequel ?

— Votre mari ?

— Il avait autre chose à faire, en ville.

— Oh, je vois.

— Et où est votre femme ?

Elle fut surprise de découvrir qu'elle l'espérait célibataire. C'était un bel homme svelte, suave et élégant. Elle se rappela qu'elle était une femme mariée, respectable, conservatrice, heureuse en ménage. Aussitôt, des émotions contradictoires l'envahirent, donnant naissance à des idées fragmentées, des pensées, des désirs. Proche des larmes, elle fit un effort pour se maîtriser. Elle essaya de sourire à Alan McCambridge.

— Ma femme ? dit-il. Elle drague, je suppose.

— Elle drague ?

— Chère Ruth Diamond, Lily et moi avons conclu un accord. Ça permet à notre mariage de durer, de payer les factures, de garder la maison en ordre. Elle va de son côté et je vais du mien.

Ruth décida qu'elle ne voulait pas en entendre davantage. Elle s'écarta d'un pas. Il la rattrapa par le bras.

— Je suis ce qu'on désigne vulgairement sous le terme de bambocheur. Lily et moi exprimons nos penchants sexuels de différentes façons. Rien de trop bizarre ni de trop douloureux, bien entendu. J'aimerais énormément exprimer certains des miens avec vous.

Elle dégagea son bras.

— Il faut que je m'en aille.

— Vous avez peur.

— Je ne suis pas ce que vous croyez.

— Vous ne savez pas ce que je crois. D'ailleurs, c'est une question à laquelle vous n'avez pas vous-même répondu. Vous êtes une exploratrice sur le point de vous lancer dans l'aventure. Qui sait ce que vous allez découvrir ? Je peux vous indiquer une route très sûre et vous êtes mûre pour le voyage.

— Vous vous trompez, bafouilla-t-elle.

— J'en doute.

Ces mots résonnèrent à son oreille tandis qu'elle s'éloignait et elle se demanda si, après tout, il n'avait pas raison. Elle n'était plus sûre de rien.


Victor Fellows emmena Loukas dans son cabinet de travail, le fit asseoir dans un fauteuil-club de cuir rouge vif.

— Ce genre de choses... (il esquissa un geste en direction de la porte)... tous ces gens... ça n'est pas du tout mon style.

— Cette inauguration est très réussie.

— Ma femme s'est mis en tête de devenir marchande de tableaux. Je trouve la peinture moderne puérile, vide, truquée.

Loukas connaissait Victor Fellows depuis près de cinq ans, il avait travaillé avec lui sur plusieurs affaires. Mais jamais ils ne s'étaient trouvés en tête à tête, jamais ils n'avaient discuté de problèmes personnels, jamais ils n'avaient bu un verre ensemble.

L'idée de Victor Fellows buvant une bière chez Jerry's était cocasse.

Le procureur alluma une cigarette ; il fit de cette brève opération un acte quasi rituel. Il tira sur la cigarette d'une façon délicate, presque efféminée, sans avaler la fumée.

— Tous ces gens qui sont ici... vous est-il venu à l'idée que l'un d'entre eux est probablement l'homme que nous cherchons ?

Loukas acquiesça.

— J'y pense sans arrêt. Je n'arrête pas de dévisager les gens... Est-ce que ça pourrait être celui-là ? Je ne pense pas à grand-chose d'autre en ce moment.

# CHAPITRE XIII

Ruth Diamond rangea la station-wagon dans le garage, en prenant grand soin de ne pas érafler la Ford de Leo, puis elle entra dans la maison. La baby-sitter s'était endormie sur le divan. Elle la réveilla, la paya et regarda sa voiture démarrer avant d'aller jeter un coup d'œil dans la chambre des enfants. Tous deux dormaient.

Dans sa chambre à coucher, elle se déshabilla et se glissa dans le lit. Sans la présence de Leo à son côté, elle se sentait environnée de vastes espaces menaçants. On s'habitue à dormir avec quelqu'un, on a envie qu'il soit là. Où était-il ? Depuis le jour même de leur mariage, Leo était absent chaque fois qu'elle avait le plus grand besoin de lui.

La solitude était un compagnon plus fidèle que son mari. Des enfants, une grande maison, des meubles chers. Rien ne compensait le vide, la sensation d'être seule au monde.

Les larmes lui montèrent aux yeux. Tous ces gens ce soir, si gais, si aimables. Elle s'était sentie une étrangère.

*Que s'était-il passé ?*

Il y avait eu une période où elle était pleine d'activités, sociable, maîtresse de son propre destin. Elle avait cru qu'il en serait toujours ainsi. Après avoir été la fille la plus populaire du collège et avoir été élue Reine du Bal en terminale, elle avait rêvé de faire une carrière au théâtre, était venue à New York et avait joué dans deux pièces, hors Broadway.

Puis brusquement tout s'était interrompu. Elle ne s'était plus sentie suffisamment motivée pour poursuivre une carrière.

Alors était apparu Leo Diamond. Au début, tout était si merveilleux. Ces rêves d'amour et de mariage se matérialisaient. Peu à peu, un changement s'était produit. Après la fièvre, elle avait trouvé la grossesse fastidieuse, astreignante. Élever un enfant, ce n'était pas non plus ce qu'on avait tenté de lui faire croire.

Elle s'était donné un mal fou, avait fait plus d'effort qu'elle ne s'en croyait capable. Ou du moins elle se le disait. Elle s'était juré d'être la meilleure mère de Manhattan. Et plus tard, la meilleure mère d'Arcadia, Connecticut. Elle préparait les repas, nettoyait la maison, faisait les courses.

Elle se souvint brusquement qu'elle avait oublié de boucler les portes du garage. La précieuse collection de vieilles voitures de Leo serait exposée à l'air nocturne. Il serait furieux. Elle se releva, protestant silencieusement contre un tel effort. Elle chercha sa robe de chambre, qui n'était pas à sa place habituelle au pied du lit. Incapable de trouver suffisamment d'énergie pour se mettre à sa recherche, elle descendit telle qu'elle était, nue.

Il faisait sombre dans le garage. Une lune brillante baignait la pelouse d'une lueur d'argent fantomatique. Les arbres oscillaient dans le vent léger et elle s'avança au-dehors. La fraîcheur de la nuit la saisit et elle frissonna, croisa les bras sur sa poitrine, se sentit pleine d'audace, effrontée, songea à aller gambader au clair de lune sur la pente herbue. Elle se retint, trouvant l'idée stupide, enfantine.

Elle allait fermer le garage, retourner au lit et, demain matin, elle préparerait le petit déjeuner des enfants, comme d'habitude. Il y aurait ensuite différentes tâches à accomplir. Une liste d'objets à acheter pour Leo. Elle jeta un dernier coup d'œil vers la lune et rentra dans le garage.

Une ombre se détacha du mur, entre l'Alfa Romeo et la Bentley. Une silhouette penchée en avant, menaçante, qui avançait sur elle. Pendant un long moment, elle refusa d'en croire ses yeux. Elle cligna des paupières, persuadée que l'obscurité lui jouait des tours. Puis l'ombre arriva à portée de mains et plus aucun doute ne fut possible. Elle ouvrit la bouche pour hurler, mais avant qu'elle ait pu émettre un son, elle reçut au creux de l'estomac un coup qui la paralysa et lui coupa le souffle. Un autre coup l'expédia en arrière, sur la dalle de ciment. Il s'abattit sur elle, la fit basculer, plaça son corps dans une position plus commode, et se mit à jurer parce qu'elle ne réagissait pas immédiatement. Une douleur fulgurante s'irradia dans un de ses seins quand il lui cogna dessus, fou de rage et de frustration.

Il se plaça entre ses jambes et comme elle résistait, lui assena un violent coup de poing sur la cuisse. Elle cria faiblement et ses muscles se détendirent. Elle écarta les jambes.

— Sale connasse !

Il la pénétra brutalement, en grondant, en gro-
gnant, presque oublieux de sa présence, la soumet-
tant par la force. Il la tenait par le cou et ses doigts se
resserraient peu à peu. Suffoquée, elle commença à
étouffer.

Le corps de l'homme trembla, se tordit, fut agité
d'une secousse et elle sentit le jet puissant de sa
semence se répandre en elle.

Rassemblant toutes ses forces, elle roula brutalement sur le flanc, toujours prisonnière de son
étreinte meurtrière.

Elle était sur lui !

Sans réfléchir, elle frappa au hasard et le coup
atterrit. Les mains de l'homme se dénouèrent et elle
se dégagea, se redressa à genoux. Le sperme brûlant
coulait entre ses cuisses et elle entendit son agresseur
protester contre cette interruption. Il se rapprocha
d'elle, les mains tendues pour l'empoigner. Elle était
à moitié relevée et, dans cette position, elle lui
expédia de toutes ses forces un coup de genou. Il
poussa un grognement et retomba à la renverse.

S'enfuyant à toutes jambes, elle entra dans la
maison, claqua la porte, poussa le verrou. Elle se rua
alors vers le living-room, trébucha et s'étala à plat
ventre. Elle demeura dans cette position, n'osant pas
bouger, persuadée qu'il la poursuivait. Persuadée
qu'il voulait la tuer.

Les enfants !

Elle se releva, chercha une arme d'un regard
affolé. Elle ne trouva rien. Elle se mit à maudire Leo
Diamond, ce faible, cet imbécile, qui laissait sa
famille sans protection.

Au-dehors, il y eut un bruit de galopade. Elle se

dirigea vers la fenêtre et le vit. Silhouette gracieuse au clair de lune, et se déplaçant rapidement. Il disparut sur la route qui longeait la propriété. Quelques secondes plus tard, elle entendit un moteur de voiture démarrer, des roues patiner sur le sol, et elle vit à travers les arbres une masse sombre qui disparaissait. Il était parti. Prise de tremblements incontrôlables, elle se laissa tomber par terre et cette fois y resta longtemps.

*

Immobile dans l'obscurité de sa chambre, il s'efforçait de récupérer son souffle. Chaque battement de son cœur ébranlait son corps tout entier, menaçait de le détruire. Des frissons de peur couraient le long de ses membres et il resserra son sphincter pour lutter contre la terreur qui l'envahissait.

— Connasse ! lança-t-il d'une voix assourdie.

Comment était-ce arrivé ? Alors qu'il avait si bien préparé son coup. Si soigneusement mis au point chaque détail. Chaque geste avait été prévu. Comme pour les autres. Il n'y avait aucune raison pour que ça tourne mal.

C'était sa faute à elle. Tout était de sa faute. Elles étaient toutes les mêmes, corrompues, tarées, aguichant un homme pour qu'il perde sa maîtrise de soi et ne puisse trouver réconfort et apaisement qu'en se repaissant malgré elles de leurs corps.

Il se sentit brusquement souillé, sali, la peau poisseuse, et qui gardait encore le souvenir de l'odeur de cette femme.

Loukas ramena Sandra Felton chez elle. Il se gara, laissa tourner le moteur, les mains crispées sur le volant.

Elle l'observa. Le profil bien dessiné, les joues lisses et mates, la ligne nette de sa mâchoire. Ce qu'elle voyait lui plaisait. Ce visage, sans être beau, était le genre qui s'améliorait avec le temps.

— Nous n'arrêtons pas de nous rencontrer par hasard, dit-elle.

— Ça ne me gêne pas.

Il évitait de la regarder. Elle essaya de se rappeler la dernière fois qu'elle avait vu un homme timide avec les femmes. Sans succès.

— Ça ne me gêne pas non plus, Theo.

— J'ai failli ne pas y aller.

— Pourquoi ?

— Oh, ces gens-là, ce n'est guère mon genre. Je suis plutôt le gars à me contenter d'un sandwich au jambon et d'une bière. Ce soir, c'était vraiment autre chose.

— Vous vous êtes très bien débrouillé, j'en suis sûre. (Elle lui sourit et il détourna vivement les yeux.) J'espère que ça n'est pas chez vous une sorte de snobisme, Theo ?

— Je ne comprends pas.

— Tout le monde n'a pas la chance d'être né pauvre ou de faire partie de la classe ouvrière, vous savez.

— Vous vous moquez de moi.

— Un peu seulement. Je regarde la télé quelquefois, je mange des sandwiches et j'adore boire une bonne bière glacée.

— Ah oui ? fit-il, dubitatif.

— Oui. (Elle sourit.) Alors qu'est-ce que vous comptez faire à ce sujet ?

— Eh bien, commença-t-il lentement, il y a un endroit près de la plage, chez Jerry's. On y boit surtout, mais Jerry prépare très bien le chili.

— J'aime beaucoup le chili.

— C'est vrai ? Ma foi, certains soirs, il y a un pianiste et les gars se groupent autour de lui et chantent.

— Vous aussi, Theo ?

— Je ne suis pas très doué pour le chant.

— Je parie que vous êtes formidable.

— Non, non. (Il eut un petit rire gêné.) Je vous assure que non. (Il redevint sérieux.) Vous aimeriez peut-être venir chez Jerry's un soir ?

— Vous m'invitez ?

— Mais oui. Bien sûr.

— Je serais flattée d'aller chez Jerry's avec vous, de manger du chili, de boire de la bière et peut-être de chanter un peu. Est-ce qu'on laisse chanter les femmes ?

— Ma foi, en fait, je n'ai jamais entendu dire que les dames y chantaient. Mais je suppose que personne n'y verrait d'inconvénient.

— On verra.

— Quand voulez-vous y aller ? demanda-t-il avec impatience.

Elle lui toucha légèrement la main.

— Si vous me passiez un coup de fil ?

— Vous êtes sûre ?

— Oh, oui, tout à fait sûre.

— Je vous appelle bientôt, dit-il vivement.

Il attendit qu'elle soit entrée chez elle avant de démarrer. Arrivé chez lui, il appela le Fort. Clay Simmons, un nouveau, était de garde.

— Qu'est-ce qui se passe ? demanda Loukas.

— Un ou deux cambriolages, sergent. Des soulographes, comme d'habitude, quelques accidents de voitures. Oh, et puis il y a un bon citoyen qui a décidé de jouer les héros.

— De quoi s'agit-il ?

— Eh bien, Toohey Smith était en train de cuver une de ses cuites en roupillant et ce citoyen l'a repéré. Toohey a eu la trouille et il a voulu filer, et le gars l'a poursuivi. Toohey s'est fait un peu casser la gueule, puis le citoyen a téléphoné pour dire qu'il avait attrapé l'auteur des viols.

— Toohey n'est pas trop mal en point ?

— Il dort dans la cage, comme un bébé. Vous auriez dû voir le citoyen, sergent. Il s'est amené gonflé comme un coq de combat. Il est ressorti dégonflé comme une baudruche.

— Donnez du café à Toohey demain matin. Il le prend noir.

— D'accord, sergent. Bonne nuit.

Loukas ouvrit une boîte de Miller glacée et s'étendit sur son lit pour la siroter dans le noir, en repensant à sa conversation avec Victor Fellows, aux gens qu'il avait rencontrés, aux tableaux qu'il avait vus. Mais il pensait surtout à Sandy Felton.

# CHAPITRE XIV

Loukas examinait ouvertement Ruth Diamond. Pour que rien ne lui échappe.

Il éprouvait le même sentiment d'incrédulité, l'incapacité d'accepter le témoignage de ses propres sens. S'il l'avait vue chez Pauline Fellows la veille au soir, il ne s'en souvenait pas. De toute façon, elle aurait eu un aspect totalement différent.

Son visage était maintenant gonflé, tuméfié, sa lèvre supérieure coupée, déformée par l'enflure, couverte de sang séché. Un de ses yeux était presque fermé et elle n'était pas coiffée. En robe de chambre de flanelle et pantoufles roses, les pieds en dedans, les genoux serrés l'un contre l'autre, c'était l'image même de la défaite.

A l'autre extrémité du long living-room, Leo Diamond se tenait derrière un énorme fauteuil. Il semblait plus pâle qu'à l'accoutumée et ses cheveux roux étaient ébouriffés au-dessus de son visage étroit. Ses yeux bleus délavés ne restaient pas une seconde en place, comme à la recherche d'un point de repère familier au milieu d'un terrain inconnu et menaçant.

Loukas, le visage figé, impénétrable, se pencha

vers Ruth Diamond. Il éprouvait un désir de plus en plus violent de trouver le responsable de ces crimes, de l'agrafer et de le châtier lui-même. Troublé par cette entorse à son objectivité professionnelle, Loukas se força à rester calme. Objectif.

— Madame Diamond, dit-il, il est nécessaire que je vous pose quelques questions.

Si elle l'entendit, elle ne le montra pas.

— Je sais par où vous êtes passée, reprit Loukas.

Et il reconnut aussitôt son erreur. Ruth Diamond le lui fit remarquer avec véhémence. Ses mots, prononcés d'une voix stridente, étaient volontairement blessants.

— Mon corps *pénétré !* Aucun homme ne peut savoir ! Je suis dévorée de... de haine !

Une veine lui barrait le front, des sourcils à la ligne des cheveux, et battait violemment. Une plainte informe s'échappa de ses lèvres tuméfiées et elle baissa encore la tête, pour dissimuler son désarroi.

Loukas insista.

— Vous êtes la seule à pouvoir nous fournir un indice, madame Diamond. Il y a toute raison de croire que votre agresseur est également le tueur des trois autres femmes. Aidez-moi à le retrouver avant qu'il ne recommence.

Le silence qui s'ensuivit ne fut rompu que par sa respiration saccadée ; elle s'efforçait de ne pas pleurer et de paraître forte devant son mari. Elle leva enfin la tête.

— Posez vos questions.

— Vous avez vu l'homme ?

— Comment aurais-je pu ne pas le voir !

— Enfin, avez-vous pu distinguer son visage ?

— Il faisait trop sombre.
— Il y avait la lune.
— C'est arrivé dans le garage.
— D'où a-t-il surgi ?
Elle grimaça.
— Je ne sais pas.
— De dehors ?
— Je... ne pense pas.
— Il était déjà dans le garage quand vous y êtes arrivée ?
— Oui. Je le pense, du moins. Il devait y être.
— Mais vous étiez déjà allée au garage plus tôt dans la soirée, quand vous êtes rentrée de chez M<sup>me</sup> Fellows ?
— Oui.
— Vous n'avez rien entendu à ce moment-là ? Vous n'avez vu personne ?
— Rien. Personne.
— Il a pu entrer après l'arrivée de Ruth, déclara Diamond. Il devait rôder au-dehors, attendre.
— C'est probablement comme ça que ça s'est passé, dit Loukas sans regarder Diamond. Il était donc à l'intérieur. Très bien. Où s'était-il caché ?
— Je ne sais pas. Derrière les voitures ; ça paraît logique.
— Je collectionne les vieilles voitures, expliqua Diamond. Et nous en avons deux autres pour notre usage quotidien.
— En général, vous laissez le garage ouvert la nuit, Madame Diamond ?
Elle sentit la colère l'envahir encore. Plus que de la colère, du ressentiment et de la rage dirigés contre Loukas. Contre Leo qui n'avait pas su la protéger, à

cause de qui elle s'était sentie coupable d'avoir laissé le garage ouvert.

— Nous fermons toujours les portes, dit Diamond. Sinon, des chiens entrent et renversent les poubelles. Il y a aussi des ratons-laveurs...

— Je suis allée droit au lit, reprit Ruth d'une voix sans timbre. J'étais fatiguée. J'avais oublié de fermer les portes. J'étais sur le point de m'endormir quand je me suis souvenue.

— Comment a-t-il pu savoir que ma femme allait revenir ? dit Diamond.

Loukas leva les yeux.

— S'il avait surveillé la maison, étudié vos habitudes... Il savait que la porte allait être fermée, comme à l'accoutumée. Ou alors il était prêt à attendre jusqu'au matin.

Tom Petersen, debout près de l'entrée, prit la parole.

— Oh, il est doué, vraiment doué. Il connaît son boulot.

— Alors, madame Diamond, reprit Loukas, comment était-il ?

— C'est arrivé si vite...

— Il a surgi de derrière une voiture ?

— Je... je crois que oui.

— Et alors ?

— Il me semble me rappeler que j'ai entendu un bruit. Je me suis retournée et il m'a frappée. A l'estomac. Ça m'a fait très mal, je ne pouvais plus respirer. Ça me fait encore mal.

— Je suis désolé, dit Loukas. Qu'a-t-il fait ensuite ?

— Il a cogné encore. Je suis tombée.

— Pouvez-vous me décrire son allure générale ? C'était un homme grand ? Corpulent ?

— C'est difficile à dire.

— De la corpulence de l'Inspecteur Petersen ? Ou bâti comme votre mari ? Ou de ma taille ? conclut Loukas en se levant.

Elle effleura les trois hommes du regard.

— Je ne sais pas.

— Approximativement ?

Elle secoua la tête.

Loukas se rassit, démoralisé. Il allait faire chou blanc une fois de plus. Son témoin numéro un n'avait rien à dire. Elle n'avait eu le temps de rien voir. Attaquée à l'improviste, jetée à terre, elle avait été terrifiée, hébétée. L'homme avait disparu avant même qu'elle ait repris ses esprits.

— Bon, dit-il. Il vous a jetée à terre. Que s'est-il passé ensuite ?

— Il m'a violée, fit-elle d'une voix grinçante.

Loukas enchaîna aussitôt :

— Avait-il une arme ?

— Une arme ! Non, je ne pense pas. Je n'ai rien vu.

— Combien de fois vous a-t-il frappée ?

— Je ne sais pas.

— Pendant l'acte sexuel proprement dit, vous a-t-il frappée ?

— Quoi ? Que voulez-vous dire ?

— Vous a-t-il frappée pendant qu'il avait des rapports avec vous ?

A moitié dressée hors de son fauteuil, elle lui hurla :

— Nous n'avons pas eu de rapports ! J'ai été violée ! Violée ! Violée !

Elle se laissa retomber sur son siège, secouée de sanglots. Diamond fit un pas dans sa direction. Loukas l'arrêta en levant une main.

— Vous aviez peur, dit Loukas. A juste titre. L'homme avait déjà tué et il avait l'intention de vous tuer.

Elle leva la tête :

— Je voudrais être morte.

— Vous a-t-il dit quelque chose ?

— Quoi ?

— Est-ce qu'il a parlé ?

Elle acquiesça d'un signe de tête.

— Comment était sa voix ?

— Quoi ?

— C'était un baryton ? Un ténor ? Avait-il un accent quelconque ? La voix traînante ? Un défaut de prononciation ? N'importe quoi.

— Je ne pense pas. Pas d'accent. Une voix aiguë, je dirais. Mais chuchotante, en même temps. Oh, je ne peux pas être sûre.

— Quels ont été ses mots exacts ?

— Il m'a insultée. Comme si c'était ma faute... comme si je l'avais forcé à faire ça. Je n'y étais pour rien ! Il me cognait dessus, me frappait aux épaules, à la poitrine. Il voulait me faire du mal. Il me serrait la gorge.

— Il vous avait pris la gorge entre ses mains ?

— Il a commencé à m'étrangler. Je me suis souvenu de ces autres femmes. J'avais tellement peur...

— Continuez.

— J'ai bougé. Je crois que j'ai réussi à me mettre sur le flanc. J'ai continué à forcer, et brusquement je me suis retrouvée dessus.

— Il vous a lâchée ?

— Pas tout de suite. Non, pas tout de suite. Je crois que je l'ai frappé.

— Au visage ?

— Je ne sais pas exactement. J'ai cogné au hasard.

— Et ensuite qu'avez-vous fait ?

— Je lui ai flanqué un coup de genou. J'aurais fait n'importe quoi pour me libérer.

— Et après ?

— Je me suis ruée dans la maison.

— Il vous a suivie ?

— Non. Non. Je ne pense pas qu'il ait même essayé.

— Vous avez bouclé la porte derrière vous ? demanda Petersen.

— Je l'ai bouclée.

— Et qu'avez-vous fait alors, Madame Diamond ?

— Ce que j'ai fait ? Eh bien, je me suis mise à pleurer. J'étais couchée par terre et je pleurais.

— Bon, dit Loukas. Il n'a pas essayé d'entrer dans la maison.

— Il est parti.

— Comment pouvez-vous en être sûre ? demanda Petersen.

— Je l'ai entendu courir. Dans l'allée. Je me suis approchée de la fenêtre et je l'ai vu.

— Vous l'avez vu à la lueur de la lune ? dit Loukas, sentant ses espoirs renaître.

— Il avait l'air sinistre, inquiétant sous cette lumière. Son visage était une tache ronde et blanche.

— Vous êtes sûre ? demanda Petersen. Il n'était pas noir ?

— J'en suis sûre.

— Nous devons envisager toutes les possibilités, dit Loukas. Nous aimerions faire un portrait-robot. Si vous pouviez vous souvenir de détails, — comment étaient sa bouche, son nez, ses sourcils, — notre spécialiste pourrait dessiner son portrait-robot. Pouvez-vous faire ça pour nous, Madame Diamond ?

— J'essaierai.

— Il courait, dit Petersen. Dans quelle direction ?

— Vers Old Country Road.

— Avez-vous vu une voiture ?

— On ne voit pas la route depuis la maison, intervint Diamond.

— Je l'ai entendue, dit Ruth.

— Décrivez ce que vous avez entendu, dit Loukas.

— Un moteur bruyant... je me rappelle, j'ai pensé qu'il allait réveiller tout le quartier.

— Comme celui d'une voiture de course ? demanda Petersen. Comme si on avait ôté le tuyau d'échappement ?

Elle réfléchit un instant.

— Non, pas du tout. Seulement bruyant, avec des ratés, comme une vieille voiture, en somme.

— Rien d'autre ? demanda Loukas.

Ruth Diamond secoua la tête.

— Il nous faudra votre déposition, dit Loukas. Si vous pouviez passer au Commissariat plus tard dans la journée...

— Il va falloir que je répète tout ça ?

— Passez-nous d'abord un coup de fil et je convoquerai le spécialiste des portraits-robots. Comme ça, vous n'aurez pas à vous déranger une seconde fois.

*

Lorsqu'ils se retrouvèrent seuls, Diamond se campa en face de sa femme. Il l'examinait comme s'il la voyait pour la première fois.

— Qu'est-ce qu'il y a ? finit-elle par demander.

— Je te regarde.

— Rien n'est changé, fit-elle, sur la défensive. Je suis comme avant.

— Ne sois pas ridicule.

Elle baissa la tête.

— Je peux faire quelque chose pour toi ? Tu n'as besoin de rien ?

— Rien. Je veux seulement tout oublier.

— Comment te sens-tu ?

Elle leva un regard furibond, sans pourtant le regarder en face.

— Épouvantable.

— Le docteur a dit que tu n'étais pas vraiment amochée. Rien de cassé.

— Il m'a pénétrée. Comment une chose pareille a-t-elle pu m'arriver ?

Diamond eut une vision de Ruth étendue sous un autre homme. Il s'efforça d'imaginer son expression, le son de sa voix. Un brusque frisson secoua son corps maigre.

— Le docteur a dit... il a dit que tout irait bien de ce côté-là.

— Je n'irai plus jamais bien.

— Il a dit que si tu avais attrapé une maladie

vénérienne, il ne fallait pas te biler. C'est facile à guérir.

— Le docteur...

Elle frissonna à son tour, en évoquant ce qui s'était passé. Son mari sollicitait son attention, prononçait son nom, lui parlait. Elle se ressaisit.

— Je suppose que tu ne portais pas ton diaphragme ? Ce serait trop espérer.

Elle le fixa un instant, sans comprendre.

— Je ne m'attendais pas à être baisée ! hurla-t-elle.

— Il a violé quatre femmes, et tu es la seule qu'il ait laissée filer. Pourquoi, Ruth ? Tu étais donc un tel chopin ? Tu lui as donné quelque chose que les autres lui refusaient ?

— Je te hais, Leo ! Je te hais depuis longtemps déjà !

— Tu ne l'as pas invité à remettre ça ?

— Je me suis débattue !

— Bien sûr, après qu'il t'a enfilée. Tu aurais peut-être dû te débattre avec un peu plus d'énergie avant de te faire mettre !

— J'ai été violée ! hurla-t-elle d'une voix suraiguë. Je n'ai rien fait de mal !

— Ce n'est pas ce que j'ai cru comprendre.

Elle éclata en sanglots et s'enfuit hors de la pièce.

*

La secrétaire du premier conseiller municipal leur apporta du café dans des gobelets en carton et des pâtisseries. Ils se servirent.

Loukas regardait fixement son café. Il détestait

boire du café dans des gobelets en carton. Il essaya de calculer combien de litres de café il avait bu dans des gobelets en carton au cours de l'année écoulée. Des centaines. probablement.

— Le gouverneur a encore téléphoné ce matin, déclara le premier conseiller. Il vise la Maison Blanche, bien entendu, et il n'y est pas allé par quatre chemins avec moi. Ou bien on règle cette affaire en vitesse ou alors il déclare l'état d'urgence. Et il fait appel aux flics de l'État.

Wakeman poussa un juron.

— Il ne peut pas faire ça. Si, Victor ?

Victor Fellows ajusta son nœud de cravate.

— Il peut, mais il ne le fera pas. Il est trop avisé, politiquement, pour aliéner la moitié des électeurs du parti. Non, il ne le fera pas. Mais ce qui est certain, c'est qu'il trouvera un autre moyen de se faire mousser, à moins que nous procédions rapidement à une arrestation.

— A mon avis, il ne s'agit pas d'un gars d'ici, dit Wakeman. Pas un type de passage, d'accord. Mais quelqu'un des villes voisines.

— Norwalk, probablement, dit le Premier Conseiller. Nous savons tous le genre de gens qui vivent là-bas.

— Vous vous trompez, dit Loukas. C'est l'un d'entre nous ; il vit ici. Il se déplace à sa guise. Il est sans doute allé à l'école ici, travaille ici.

— Si vous en êtes tellement sûr, observa le premier conseiller d'un ton agressif, pourquoi n'arrivez-vous pas à l'agrafer ?

— Parce qu'il ne se distingue pratiquement pas du reste d'entre nous, pour commencer. Il pense comme nous, se conduit comme nous, nous ressemble. Blanc et poli. Pas de cicatrices visibles.

— Tout ceci ne nous rapproche guère du coupable, dit Victor Fellows.

— Il y a sûrement quelqu'un qu'on peut coincer, dit le premier conseiller.

— Coincer ? répéta Loukas.

— Une façon de parler, dit Wakeman. Le Premier Conseiller entend par là que nous ferions bien de trouver le coupable, et rapidement. C'est également mon avis.

Victor Fellows croisa ses jambes, lissa son pantalon de gabardine grise au pli impeccable.

— Mes soupçons concernant le livreur n'ont jamais été complètement dissipés.

— Reiser, dit Henderson.

— Qu'est-ce que vous en pensez, Theo ? demanda Wakeman.

— Certains indices pourraient désigner Virgil, concéda Loukas. Il a eu la possibilité d'agir, très certainement. Il a pu approcher toutes les femmes agressées. Psychologiquement, il pourrait correspondre. Mais...

— Mais... insista le Premier Conseiller.

— Aucune preuve tangible. J'ai dans l'idée que ce n'est pas Virgil le coupable.

— J'ai dans l'idée que Virgil est notre suspect numéro un, dit Fellows. Si on le talonne, il va se mettre à table.

Wakeman acquiesça.

— Pourquoi ne pas mettre le paquet ? L'emmener sur les lieux des crimes. Le confronter avec M<sup>me</sup> Diamond. Lui flanquer la trouille.

— M'ordonne-t-on d'arrêter Virgil? demanda Loukas, le visage impassible.

— S'il est coupable... dit le Premier Conseiller.

— On peut quand même le bousculer un peu, dit Wakeman.

— Et s'il est innocent? dit Loukas.

Victor Fellows se pencha en avant; une expression ouverte, sincère se lisait sur ses traits rudes :

— Eh bien dans ce cas, il n'aura plus rien à redouter. Je n'ai aucune envie de poursuivre un innocent.

Loukas regarda Henderson qui détourna la tête. Loukas se leva.

— Je refuse, dit-il.

— Il faut bien que nous fassions quelque chose! s'exclama le Premier Conseiller.

— Appréhendez Reiser, ordonna Wakeman.

Loukas posa sur le bureau massif son insigne doré d'inspecteur et le fit glisser vers le Chef.

— Faites-le vous-même.

— Bon Dieu, Theo, dit Henderson, remettez ça dans votre poche. C'est vous qui vous occupez de cette affaire. Theo la dirigera comme il l'entend, ou alors moi aussi je rends mon insigne.

— Seigneur, fit Wakeman en secouant la tête d'un air incrédule. Tout le monde devient bien susceptible ! Inutile de vous fâcher. Nous recherchons tous le même résultat, non ?

L'entretien se termina quelques minutes plus tard. Et une heure après le téléphone sonna dans le Bureau. Ce fut Tom Petersen qui répondit. Il écouta un instant, raccrocha.

— Theo, dit-il d'une voix presque chantante, cette fois on a vraiment décroché la timbale.

Loukas attendit qu'il poursuive.

— C'est Judith May.

— L'actrice ?

— Elle est morte. Encore un viol, j'en ai bien l'impression.

— Nom de Dieu... (Loukas prit son pistolet rangé dans un tiroir, le fixa à sa ceinture.) On va sûrement passer en tête du bulletin d'informations, ce soir.

*

Même dans sa détresse, Emmett May avait un côté presque juvénile. Son visage uniformément hâlé restait lisse, séduisant.

Une femme de chambre servit du café dans une petite pièce inondée de soleil. Loukas, assis dans un fauteuil mexicain en bois et cuir qui craquait chaque fois qu'il remuait, attendait que l'acteur prenne la parole.

— Judith et moi étions très proches l'un de l'autre. (La voix sonore suggérait une profonde douleur, maîtrisée par soucis des convenances.) C'était ma troisième femme, vous savez.

— Je l'ignorais, dit Loukas.

— Oh si. J'ai été marié deux fois avant même d'avoir atteint vingt-deux ans, et chaque fois j'ai divorcé. Je pensais ne jamais me remarier. Mais Judith est apparue dans ma vie et elle m'a rendu vraiment heureux. Je l'aimais profondément. Elle m'aimait.

— C'est vous qui avez trouvé son corps ?

— Je me rendais à New York, où je comptais passer deux jours. J'avais quelques synchros à faire. J'ai dû les annuler, évidemment.

— Vous étiez au volant de votre voiture quand vous l'avez aperçue ?

— C'était Mark qui conduisait.

— Mark ?

— Mon fils aîné, de mon premier mariage. Il vit avec nous. Et elle était là. Le long de la route, derrière des haies. C'est Mark qui a repéré sa bicyclette, voyez-vous.

— Je crois que M<sup>me</sup> May faisait beaucoup de bicyclette ?

— Judith adorait faire de l'exercice. Moi aussi d'ailleurs. Les acteurs doivent rester en forme. Judith montait à cheval, suivait des cours de danse, jouait au tennis. Je n'arrive pas à croire qu'elle ne soit plus là.

— Mark a vu la bicyclette. Il a arrêté la voiture. Et ensuite ?

— Nous sommes descendus voir. C'est moi qui ai repéré Judith. J'ai pensé qu'elle était sans doute tombée, qu'elle s'était blessée. Je voulais la porter dans la maison. J'ai dit à Mark d'aller téléphoner à un docteur. Il y a un téléphone dans la voiture. Et puis je me suis rendu compte que Judith était morte.

— Comment vous en êtes-vous rendu compte, monsieur May ?

— Aucun signe de vie. Elle ne respirait plus. Elle n'avait plus de pouls.

— Et alors ?

— Je l'ai reposée dans l'herbe.

— Saviez-vous qu'elle avait été violée ?

— Pas au début. J'avais déjà assez de mal a accepter la réalité de sa mort. Et le reste, qu'est-ce que ça change ?

— Mais vous avez fini quand même par en prendre conscience ?

— Oui, bien sûr. Elle était nue sous sa jupe. Judith était une femme extrêmement convenable. Attentive à donner d'elle-même une image décente.

— Voyez-vous qui aurait pu faire ça à votre femme ?

— Le même fou furieux qui a tué ces autres malheureuses.

Abner Posner surgit sur le pas de la porte. Loukas pria son hôte de l'excuser et gagna la pièce voisine en compagnie du docteur.

— Alors, Abner, qu'est-ce que tu as à m'apprendre ?

— Il y a eu viol, probablement.

— Probablement ?

— En tout cas, je suis sûr d'une chose, Theo. Elle est morte.

— Épargne-moi tes plaisanteries aujourd'hui, Abner.

— Pour autant que je puisse le dire, elle a reçu un seul coup à la mâchoire. La tête projetée en arrière, le cou brisé.

— Charmant.

— L'autopsie confirmera tout ça, j'en suis sûr. (Posner tirailla son long nez.) Elle n'a pas été tabassée comme les autres, Theo.

— Étranglée ?

— Aucune indication.

— Des marques de doigts ?

176

— Pas la moindre.

— Abner, tu me compliques la vie.

— Ne me raconte pas tes ennuis, Theo. Tu n'aurais jamais dû devenir flic ; tu n'es pas fait pour ça.

— C'est un peu tard pour changer de boulot. Envoie-moi le rapport du labo. Au plus vite.

Loukas alla rejoindre Emmett May. L'acteur le gratifia d'un sourire triste.

— Vous voulez encore du café, Sergent ?

Loukas observait attentivement May.

— Avec tout le respect que je vous dois, monsieur May, votre femme avait-elle un ami ?

— Un ami ? Ma femme avait des centaines d'amis. Elle aimait les gens et elle était très aimée.

— Un amant, monsieur May ?

Le beau visage de May devint froid comme le marbre.

— Judith et moi étions très amoureux, je vous l'ai déjà dit. Il n'y avait personne d'autre, ni pour elle ni pour moi. Judith a été tuée exactement comme les autres femmes.

# CHAPITRE XV

Ted Kearny, penché sur le piano, accompagnait de hochements de tête le rythme fiévreux de ses doigts sur le clavier. Autour de lui, cinq hommes chantaient « Sweet Rosie O'Grady », insensibles au cliquetis des boules de billard, à l'avant de la salle, et aux rires et conversations, au fond. Loukas et Sandy s'installèrent dans le dernier box de droite. Kearny attaquait un pot-pourri des chansons de George M. Cohan.

— Depuis le temps que j'habite Arcadia, dit Sandy, je n'avais jamais entendu parler de cet endroit. C'est charmant.

— Un bistrot pour prolos.

— Ne soyez pas si snob, Theo.

Une serveuse s'approcha et Loukas commanda deux Miller et un bol de pois chiches.

— C'est un endroit où aller regarder le match de foot le dimanche après-midi, parler.

— C'est drôle, dit-elle. Vous êtes le premier flic que je connaisse.

— Nous ne sommes pas différents des autres.

— Les autres ne se promènent pas avec un pistolet à la ceinture.

— Je ne m'en suis jamais servi. Nous n'en avons pas tellement besoin à Arcadia.

— Jusqu'à maintenant.

— Nous allons l'attraper.

— Quand ? (Il détourna la tête et elle lui effleura la main, le forçant à la regarder.) Ah, Theo, je ne voudrais pas vous embêter. Vous faites de votre mieux, je le sais. Mais c'est tellement angoissant. Nous avons tous peur. La maison craque la nuit, comme elle a toujours craqué, et je fais un saut de carpe dans mon lit. Quand ça arrive, je n'arrive pas à me rendormir.

— Ça ne durera pas éternellement. Et Arcadia est quand même un endroit où il fait bon vivre.

Elle le sentait blessé et elle s'efforça de changer de conversation.

— Vous aimez bien votre métier de flic, n'est-ce pas ?

— Je suppose. Je le fais depuis si longtemps. Mais maintenant je ne sais plus. Je déteste cette affaire ; les répercussions qu'elle a sur la ville. Je me demande si je ne vais pas prendre une retraite anticipée.

— Mais que feriez-vous ?

— J'irais m'installer en Caroline du Nord, peut-être. Mon frère y habite. Je pourrais jouer au golf, me la couler douce. Depuis quelque temps, je pense à une des Keys de Floride, où il n'y a pas trop de monde. Quand je suis trop loin de la mer, je me sens un peu nerveux.

— C'est parce que vous êtes grec.

— Vous croyez ?

— Les Grecs ont toujours été un peuple de marins.

— Je ne suis pas un marin bien formidable. Mais j'aime bien aller à la pêche, de temps en temps.

— Ça me paraît un merveilleux programme.

— Venez avec moi, fit-il d'un ton désinvolte.

— Est-ce une invitation ?

— Un sujet de réflexion, dit-il gravement.

— Theo, Theo, vous ne me connaissez pas du tout.

— Les Keys vous plairaient, sans doute ; beaucoup de soleil, une vie facile.

— Je ne suis pas une personne facile à vivre.

— Ce n'est le cas de personne.

— Vous ne poseriez pas de problèmes, pour une femme.

— J'ai pas mal de mauvaises habitudes comme tout le monde.

Elle éclata d'un rire franc et sonore, le visage lumineux dans la pénombre.

— Je vous parlerai de mes mauvaises habitudes si vous me parlez des vôtres.

— D'accord, fit-il, et il était sincère.

Elle l'observa, secoua la tête.

— Pas question, Theo. Je crois que j'y perdrais. Je préfère que vous les découvriez tout seul.

— Je trouve que vous êtes une dame tout à fait extraordinaire.

— Ah, fit-elle, et elle tendit la main pour effleurer sa joue. C'est gentil, Theo. C'est vraiment gentil de dire ça.

*

Il était minuit passé quand Carl Johnson, un Noir

musclé de taille moyenne, pénétra dans le Commissariat Central. Il secoua la neige accrochée à son imperméable et frappa sa jambe de sa casquette rouge. C'était un homme d'aspect sympathique, au regard chaleureux, au visage souriant, aux traits réguliers. Gérant de nuit au Hamburg Delight dans Main Street, il venait parfois livrer lui-même au Fort. Dix années plus tôt, Johnson avait été un très bon demi de mêlée, dans l'équipe du collège de Norwalk. Sociable et facile à vivre, il était bien connu de tout le monde au Fort.

Andy Rains, de service au commissariat, était en train d'enregistrer le rapport d'une voiture de patrouille lorsque Johnson entra. Il le salua de la main, acheva de prendre le message.

— Eh Carl, qu'est-ce que tu dis de cette neige ? (Il décrocha le téléphone, composa un numéro.) Simmons a percuté une congère. Il est coincé. Il faut qu'on aille le remorquer. Je suis à toi dans une minute, Carl.

— Prends ton temps.

Après avoir fait le nécessaire, Andy pivota en direction de Johnson.

— Ça marche pas, les affaires ? Avec un temps pareil, tu parles, les gens restent chez eux.

— J'ai fermé la boîte.

— Je voudrais bien pouvoir en faire autant. Il ne s'est pratiquement rien passé de la nuit.

— Qui s'occupe de l'affaire May ?

— C'est Loukas, Carl. C'est devenu une véritable autorité en matière de viol. Cette M$^{me}$ May était une belle femme, je trouve ? Je l'ai vue une fois à la Quincaillerie McAnally.

Carl Johnson reprit la parole d'une voix contenue :

— Ça serait peut-être une bonne idée de contacter Loukas, Andy.

— Pourquoi je ferais ça, Carl ? Il est minuit passé.

— Ça l'intéressera de savoir.

— De savoir quoi ?

— Que tu as ici le meurtrier de Judith May.

Les yeux du policier s'arrondirent.

— J'ai bien compris ce que tu voulais dire, Carl ?

— Je l'ai tuée, Andy.

Rains se leva d'un bond, le doigt tendu.

— Carl, bouge pas de là, tu m'entends ! (Il esquissa un geste pour dégainer son pistolet, se ravisa.) Du calme, Carl. Ne fais pas de geste inutile, c'est tout.

Johnson sourit.

— Prends ton temps, Andy. Je ne vais nulle part.

# CHAPITRE XVI

Loukas passa la plus grande partie de la nuit au Fort à parler avec Carl Johnson, dont il enregistra la déposition par écrit ; qu'il lui fit signer. Il fit répéter plusieurs fois son histoire à Johnson, mais ne put y déceler aucune faille, aucune contradiction. Johnson révéla des détails de ses relations avec Judith May qui ne pouvaient avoir été inventés, et la majeure partie de son histoire serait facile à vérifier. Estimant ne pouvoir rien faire d'autre, Loukas rentra chez lui et il avait réintégré son lit à cinq heures un quart. En quelques minutes, il s'endormit.

A huit heures, le téléphone l'arracha à un profond sommeil. Il se rasa et se doucha avant de retourner au Fort ; il arriva un peu après neuf heures au bureau du Capitaine Henderson. Victor Fellows et Emmett May s'y trouvaient déjà.

Les deux hommes semblaient reposés, encore que les yeux de l'acteur soient dissimulés derrière de grosses lunettes noires. Loukas songea soudain que Victor Fellows était encore plus séduisant que l'acteur. Il était plus jeune, évidemment, légèrement plus grand, avec un visage éclatant de santé. Loukas leur serra la main à tous deux et s'assit.

Henderson raccrochait le téléphone.

— C'était Wakeman, dit-il. Le Chef accepte les félicitations.

— A cause de Johnson ? demanda Loukas.

Et aussitôt son ulcère se réveilla. Il maudit le docteur. C'était bel et bien un ulcère, qui grandissait de jour en jour, lui rongeait l'estomac. Il allait falloir se faire opérer. Il se sentit une faiblesse dans les genoux à l'idée qu'on allait le charcuter.

— Nous avons procédé à une arrestation, grommela Henderson. Le chef a prévu une conférence de presse pour onze heures. Vous êtes invité, monsieur Fellows.

Le front lisse de Fellows se plissa.

— Il était convenu que je m'occupais de la presse, il me semble.

— Arrangez-vous avec le Chef.

— C'est ce que je vais faire.

— Pas très spectaculaire, comme arrestation, fit Loukas, d'une voix à peine audible. Le type est venu se livrer. Nous n'avons guère eu l'occasion de jouer les Sherlock Holmes.

— Le Chef estime que la Police vient de trouver la solution de notre récente vague de crimes, déclara Henderson d'un ton aigre.

— Il s'imagine que Johnson a commis tous les autres crimes ?

— C'est ce qu'il a dit.

Loukas émit un grognement qui trahissait son incrédulité.

— Je vais vous dire une chose, messieurs, commença Emmett May d'une voix enrouée d'angoisse, mais sincère et convaincue, Carl Johnson joue à je ne sais quel petit jeu. Il a peut-être tué ces autres femmes, mais il n'a certainement pas assassiné mon épouse.

— Comment savez-vous ça, monsieur May ? demanda Loukas sans regarder l'acteur.

— Ma femme et moi nous aimions profondément. Elle ne m'était pas infidèle. Elle ne l'a jamais été au cours de toutes ces années de mariage. Je ne l'ai jamais trompée non plus. Vous ne croyez quand même pas qu'une femme comme Judith May aurait une aventure avec un cuisinier noir.

— J'ai lu ses aveux, dit Henderson. Beaucoup de détails.

Loukas plaqua sa main contre son estomac.

— Carl est plutôt bel homme, dit-il. Jeune, vigoureux.

May prit un air apitoyé.

— Je ne pense pas, messieurs, que vous vous rendiez vraiment compte de la façon dont nous vivions, Judith et moi. Dans notre monde, celui du théâtre, de la télévision, du cinéma, la beauté physique n'est pas rare. Certains diraient même que je suis plutôt séduisant, pour le genre viril.

— Les femmes, dit Loukas en ravalant de la bile. Elles ne réagissent pas toujours comme on pourrait s'y attendre.

— Vous êtes prêt à accepter l'histoire de cet homme, sergent ?

— Absolument.

— Eh bien, moi pas. (Le visage de May s'était durci et des taches roses et blanches apparaissaient alternativement le long de sa mâchoire tandis qu'il serrait les dents.) Il est évident que j'ai affaire à une équipe d'imbéciles.

Loukas sentit naître en lui une rancœur contre laquelle il s'efforça de lutter.

— L'homme a avoué, dit Victor Fellows. Nous n'avons aucune raison de mettre ses aveux en doute.

— Ma femme ne m'était pas infidèle, répliqua vertement May.

Henderson bougea dans son fauteuil.

— Carl affirme que ça durait depuis longtemps. Deux ans environ.

— Ridicule.

Loukas leva les yeux.

— M<sup>me</sup> May avait-elle une marque quelconque sous le sein droit ?

May éclata d'un petit rire forcé et qui venait un peu tard.

— Johnson a peut-être vu Judith en maillot de bain. Elle était merveilleuse en bikini.

— Où l'aurait-il vue ? demanda Loukas.

— Est-ce que je sais ?

— Vous l'invitiez à votre piscine ? Était-il reçu chez vos amis ? M<sup>me</sup> May allait-elle à la plage publique ?

— Je ne peux quand même pas connaître tous les détails...

Loukas rêvait de retourner se coucher, de dormir.

— M<sup>me</sup> May avait une cicatrice, dit-il.

— Je ne suis pas obligé d'écouter tout ça, protesta May.

— Sur la fesse gauche, poursuivit Loukas. Reste d'un anthrax datant de sa jeunesse. Exact ?

186

— Je ne permettrai pas à cet homme de salir la réputation de ma femme.

— Détails confirmés par le médecin légiste, dit Loukas. Un grain de beauté sous le sein. Johnson en a parfaitement décrit la taille et la couleur. Et la cicatrice de l'anthrax.

— Il s'agit sûrement d'une affreuse erreur.

— Carl Johnson et votre femme couchaient ensemble depuis deux ans, déclara Loukas d'une voix dure. Elle allait le retrouver chez lui à Norfolk l'après-midi. Ils se sont disputés il y a quatre jours. Elle voulait rompre, il ne voulait pas. Elle est partie en disant qu'elle avait rencontré un autre homme.

— Non, dit May.

— Un autre homme, répéta Loukas. Il habite Redding. Un ouvrier du bâtiment. Vingt-deux ans. Blanc, si ça peut vous rasséréner. Je lui ai parlé hier soir. Il confirme l'histoire de Johnson.

— Pure invention.

— Carl voulait se réconcilier avec M<sup>me</sup> May. Il est allé à votre maison hier pour essayer de la convaincre de lui revenir. Elle était sortie faire de la bicyclette. Il l'a attendue dans les buissons. Il l'a empoignée au passage. Elle s'est moquée de lui, elle a émis des doutes sur sa virilité. C'est une chose que nous supportons tous assez mal, je suppose.

May émit un rire qui sonnait faux :

— Ce que nous avons là, ce sont les fantasmes sexuels d'un pauvre Noir égaré. Il a passé toute sa vie à rêver de faire l'amour à une femme comme Judith May. Il s'est dit qu'il tenait là l'occasion de faire croire à tous ses amis qu'il avait eu une aventure avec une star de cinéma. Vous ne voyez donc pas à quel point c'est logique ?

— Désolé, dit Loukas. Carl a perdu la tête. Il a entraîné M<sup>me</sup> May dans les buissons. Elle s'est débattue. Il l'a frappée. Une seule fois. Carl est un type costaud, qui sait se servir de ses poings. Il a fait de la boxe professionnelle pendant près de sept ans. Il ne s'est pas rendu compte qu'elle était morte et il lui a fait l'amour. C'est seulement quand il a essayé de la ranimer qu'il a compris. Pris de panique, il s'est enfui. La nuit dernière, ne voyant pas de solution à son problème, il s'est livré à la police.

*

Le téléphone sonna et Emmett May frissonna, comme agressé. Il considéra l'appareil avec méfiance avant de le décrocher et de le porter à son oreille.

— Oui...

— J'ai attendu jusqu'au soir, pratiquement ; tu n'es pas venu. (La voix de Jeanine exprimait son irritation.) Que se passe-t-il, Emmett ? Je n'aime pas qu'on me pose un lapin.

— Tu n'es pas au courant ? dit-il. Pour Judith ?

— J'ai vu ça dans le journal. Je suis désolée pour elle. Mais ça n'y change rien.

— Quelle garce tu fais !

— Écoute, Emmett, tu as intérêt à faire un peu attention à ce que tu dis, je te préviens.

Il eut brusquement envie de se débarrasser d'elle, de mettre fin à cette conversation.

— Je te verrai demain. Même heure, même endroit.

— Voilà qui est mieux. Ah, une chose, simplement...

Redoutant le pire, il se sentit brusquement glacé, solitaire.

— Que veux-tu dire ?

— Tu sais ce que c'est, reprit-elle. Il devient de plus en plus difficile de maintenir un niveau de vie correct. Il va falloir réviser nos arrangements financiers. Un tantinet.

— Tu es folle. Mille dollars par mois, c'est...

— Ce n'est pas suffisant, Emmett. Inutile de discuter. Il me faut davantage. Cinq cents de plus, ça irait. Un total de quinze cents par mois. Ça n'est pas une telle somme, quand on y réfléchit bien.

— Tu n'as donc aucun respect pour rien ? s'exclama-t-il. Cette maison est en deuil.

— Emmett, roucoula-t-elle, je te présente mes plus sincères condoléances. Mais la vie continue, n'est-ce pas ? Chacun de nous doit se mettre en face de ses responsabilités. J'ai les miennes.

— Toi et ta garce de fille ne font pas partie de mes responsabilités.

— Ridicule, Emmett. Tu sais bien que si. Quinze cents, Emmett. Demain. Même heure, même endroit.

Et elle raccrocha. Il demeura immobile ; il tremblait de tous ses membres. Peu à peu il se calma, se mit à réfléchir. Une seule erreur ne pouvait pas condamner un homme à toute une vie d'avilissement, de tromperie ou de servitude financière. Il fallait en finir, une fois pour toutes.

L'idée surgit dans son esprit et il l'étudia avec un intérêt clinique. Il la retourna dans tous les sens, en examina toutes les possibilités, les écarta pour les étudier encore. Il ne put trouver aucune faille. Il la transcrivit sur un calepin, point par point. Il relut ce qu'il avait écrit. Parfait. Il brûla ses notes dans la cheminée et s'émerveilla un moment de son intelligence, de son courage. Rares étaient les hommes qui se résoudraient à faire comme lui. La plupart n'avaient pas son imagination créatrice. Il décrocha le téléphone et appela Jeanine.

— Je ne pourrai pas venir demain, commença-t-il d'un ton de regret.

Elle réagit aussitôt en répliquant d'une voix suraiguë :

— Tu essaies de m'emmener en balançoire. Eh bien, laisse-moi te dire que ça ne prend pas, je...

— Absolument pas, Jeanine. J'ai à travailler toute la journée demain, en ville, une pub après l'autre. Tu tiens à ce que je reste solvable, non ?

Elle eut un petit rire satisfait.

— Je savais que tu étais un homme raisonnable, Emmett. Et je le suis également. Rendez-vous après-demain.

— Pourquoi pas maintenant ?

— Il est tard.

— Peu importe. Si nous nous retrouvions dans trois quarts d'heure... ça te donnerait tout le temps.

— Bon d'accord. Belle n'est pas là et je suis toute seule. Mais ne sois pas en retard. C'est déjà assez désagréable d'attendre près de ce réservoir dans la journée, mais de nuit...

Il s'habilla rapidement. Jeans, sweat-shirt, chaussures de tennis. Il s'examina ensuite dans la glace et ce qu'il vit lui plut. Un homme éperdu, prêt à tout. Il crispa sa mâchoire et sortit de chez lui.

Il décida de prendre la Porsche. Elle donnait bien l'impression de puissance dont il avait besoin pour cette soirée. C'était la voiture d'un homme d'action.

Il roula sans se presser en direction de Putnam Circle et se gara dans Hillary Drive, à moins de cent mètres de chez Jeanine. Enjambant un muret pour pénétrer dans sa propriété, il contourna la maison. La chance était avec lui, la porte du garage était ouverte. La Mustang vieille de cinq ans y était. Se servant d'une clef, il dégonfla le pneu avant gauche. Lorsque le pneu fut à plat, il alla se dissimuler au fond du garage et attendit.

Quelques minutes plus tard, la lumière s'alluma dans le garage et Jeanine sortit de la maison. Elle remarqua que la voiture était de travers et repéra alors le pneu à plat.

— Oh, merde, marmonna-t-elle. Il va falloir que je m'arrange autrement.

Elle repartit vers la maison. Emmett s'affola. Il méditait de l'attaquer dans l'obscurité, mais il n'avait plus guère de temps pour agir. Quelques pas encore, Jeanine serait rentrée et il aurait manqué l'occasion. Il chargea dans sa direction.

Elle l'entendit au dernier moment et pivota sur place. Son joli visage ne trahissait aucune crainte, seulement la surprise, la perplexité.

— Qu'est-ce... Qu'est-ce que tu fais ici ?

Il l'empoigna à la gorge, referma ses doigts. Elle voulut se dégager, perdit l'équilibre et bascula. Il s'écroula avec elle.

— Salope ! fit-il, presque aimablement. Tu t'ima-

ginais que j'allais t'autoriser à me faire chanter
jusqu'à la fin de mes jours ? Tu vas mourir, Jeanine,
et quand tu seras morte, je te baiserai. Les flics
croiront que c'est l'autre gars. Personne ne soupçon-
nera jamais Emmet May. Personne.

Elle cambra ses reins et il accentua sa pression. Il
était fier de son sang-froid, fier d'agir en un moment
de crise.

Elle roula sur le flanc et frappa au hasard, le
tranchant de sa main l'atteignit à la gorge. Libérée,
elle se remit sur pied et hurla. Il se rua sur elle, la
projeta à terre, voulut étouffer ses cris. Elle lui
mordit la main. Il jura et cogna, mais trop tard. Déjà
elle s'était relevée et s'enfuyait en courant.

Des lumières s'allumèrent dans les maisons avoisi-
nantes. Une voix d'homme cria :

— Qu'est-ce qui se passe, bon Dieu ?

— Au viol ! Au viol ! hurla Jeanine.

Un coup de feu fut tiré en l'air et la détonation
résonna dans l'air nocturne. Des pas lourds s'approchèrent. Emmett poussa un gémissement de désespoir et s'enfuit en direction des arbres. Par deux fois
il tomba, une branche lui fouetta le visage. Il atteignit
enfin la Porsche et démarra en trombe, tous phares
éteints, le cœur battant à tout rompre. Ses yeux
larmoyaient et ses mains tremblaient. Tout était
foutu. On allait le dénoncer. Il était fini. Sa vie était
terminée.

*

Tout en se rendant au restaurant, Leo Diamond se
rappelait ce qui s'était passé dans la chambre d'hôtel,

avec Jane Bonner. Ce corps incroyablement bien proportionné, avec ses jambes longues aux cuisses pleines, ses seins ronds et lourds, couronnés de tétons bistres.

Elle l'avait traité comme un collégien. Tentatrice, provocante, elle n'avait pas une seule fois perdu le contrôle de la situation. Ils avaient roulé sur le lit, s'étaient embrassés et caressés pendant près d'une heure avant qu'elle ne l'autorise à glisser ses mains sous son corsage. Ce premier contact avec ses seins lui avaient fait tourner la tête et il l'avait suppliée de se déshabiller.

Elle avait refusé.

Elle s'était moquée de lui.

Et elle n'avait rien fait pour soulager la souffrance qui lui tenaillait le bas-ventre.

Il se hâtait le long de la rue ; il la méprisait et il se méprisait plus encore d'avoir envie d'elle. Besoin d'elle. La prochaine fois, il établirait son plan d'action avec plus de soin.

*

C'était Ruth qui avait choisi le restaurant. Leo comme d'habitude, n'approuva pas ce choix. L'endroit était sale et exigu, sans style, sans classe. Il y régnait une odeur de Parmesan, ce qui rappelait à Diamond celle du vomi. Il trouva Ruth installée à une table minuscule, tout au fond de la salle.

Il se mit immédiatement à protester.

— Je ne peux pas supporter d'être à côté de la cuisine. Le bruit, les odeurs...

— Assieds-toi, dit-elle.

193

Il y avait quelque chose d'inquiétant dans son attitude. Une certaine hostilité, une nouvelle autorité. Et cette façon de lui donner des ordres ! Il s'assit néanmoins. Un garçon s'approcha et Diamond commanda un whisky.

— Qu'est-ce qui se passe de tellement important ? demanda-t-il. A t'entendre au téléphone, j'ai cru qu'il était arrivé malheur aux gosses.

— J'ai quelque chose à te dire.

Le whisky arriva. Pas assez tassé à son goût. Il passa un doigt sur le bord du verre.

— C'est important, dit Ruth.

— Tu ne pouvais pas me le dire au téléphone ? Qui garde les gosses ? J'espère que tu as trouvé une baby-sitter sur qui on puisse compter. Certaines de ces filles... Celle que nous avons eue la dernière fois ne m'inspirait pas la moindre confiance.

— Les enfants sont chez mes parents.

Il but une gorgée de son verre.

— Eh bien, qu'ils y restent un ou deux jours. Ça ramènera un peu de calme à la maison, ajouta-t-il en riant de sa propre plaisanterie.

— Tu auras dorénavant le calme que tu désires.

— Très bien, dit-il en penchant la tête de côté. Je suis censé demander ce que cela signifie. Eh bien, je te le demande.

— Je te quitte.

Il scruta son visage comme s'il espérait y trouver la véritable signification des mots qu'elle venait de prononcer. Elle semblait étrangement tranquille, et il n'y avait plus trace autour de ses yeux et de sa bouche de cette tension dont elle était toujours la proie.

— Ça n'est pas très drôle, dit-il.

— C'est fini, Leo. Notre mariage. Nous en avons
terminé. Nous nous séparons. J'ai déménagé. Adieu
les oiseaux et les abeilles. Adieu la pelouse. Adieu la
maison et la télé couleur, et adieu à toi, Leo. Notre
mariage est terminé.

Il effleura sa tonsure, au sommet de son crâne.

— Tu es ma femme, lui rappela-t-il.

— Ton esclave, tu veux dire. Cuisinière, gouver-
nante de tes enfants. Et pas une personne.

— Dis-le carrément, Ruth. Quelque chose te
tracasse.

Elle se leva et le toisa d'un regard méprisant.

— Leo, dit-elle, avec désinvolture, tu es vraiment
trop con.

*

Elle s'était incrustée dans sa mémoire. Elle passait
devant lui, s'exhibait avec cette impudeur qui carac-
térise toutes les filles. Cette façon qu'elles avaient de
se tenir, de pointer leurs seins, de cambrer leurs
fesses. Riant comme rient toutes les filles, de lui
souvent.

Il voulut se concentrer sur le magazine qu'il tenait
sur ses genoux. Sur les photos et les dessins. Sur les
articles qui décrivaient ce que les gens faisaient
ensemble. Ou tout seuls. Mais sans cesse son image
revenait s'imposer à lui.

Elle le défiait.

Elle le regardait de ses yeux moqueurs.

Elle l'obsédait depuis des mois. Elle faisait partie
de lui tout autant que les magazines, ses vêtements
ou son travail. Il ne pouvait plus se rappeler le

moment exact où il l'avait vue pour la première fois. Peu importait d'ailleurs. Elle était fréquemment avec lui, maintenant, comme l'avaient été les autres. Elle chassait toutes les autres images de son esprit, faisait naître ce désir brûlant qu'il en était venu à si bien connaître. En pensant à elle, il sentit sa chair réagir et s'en irrita. Cette fille n'avait pas le droit de profiter de sa faiblesse.

Les femmes étaient faites ainsi.

Des créatures sournoises, néfastes.

Il regarda sa montre. Il savait où elle habitait. Il connaissait ses habitudes, la façon dont sa vie était organisée. Il avait étudié attentivement chacune d'entre elles. Discrètement. Sans jamais se montrer. Sans jamais révéler son besoin.

Pour commencer, la recherche. Ça n'était pas une recherche vraiment, car il n'avait jamais choisi cette ligne de conduite. C'était *elles* qui la lui avaient imposée. Par leur façon d'être, leur façon d'agir, les sensations qu'elles provoquaient en lui.

Venait ensuite la surveillance. Prolongée, attentive, efficace. Aucun détail n'était trop insignifiant pour qu'on le néglige. Et cette méthode avait été payante dans chaque cas, tout s'était passé exactement comme prévu. Sauf la dernière fois. Sa gorge se serra à ce souvenir et il se demanda s'il ne ferait pas mieux de retourner là-bas, de conclure l'affaire, de veiller à ce que tout soit clair et net. Mieux valait ne pas y penser. Pas tout de suite.

Et pour finir, le meurtre. Plonger sa chair dans celle d'une femme. Déchirer, mutiler, pilonner. Infliger une souffrance et provoquer la peur. Et

éprouver en même temps tant de plaisir, être tellement récompensé.

Il reposa le magazine et permit à la fille de
reprendre possession de ses pensées. Ce visage
ravissant, faussement innocent, ce rire clair. Elle
était jeune et agile. Il l'imagina luttant sous lui et son
excitation ne fit que croître.

Il se déshabilla et se doucha. Plus rapidement qu'il
n'aurait voulu, mais le facteur temps était important.
Il avait des obligations. Il se talca, se parfuma à l'eau
de Cologne, se coiffa.

Debout devant son miroir, il s'examina. Impeccable. La propreté était une qualité admirable, la plus
admirable de toutes. Nettoyer son corps de fond en
comble. Rites de purification. Le reflet renvoyé par
le miroir lui sourit. Agréable, enjôleur. Le genre
d'homme que n'importe quelle femme trouverait
séduisant. Il s'habilla rapidement et partit chercher
ce dont il avait envie.

*

Jane Bonner rentra chez elle. Elle se sentait
fatiguée. Couchée tard la veille et debout toute la
journée.

Elle ouvrit la porte et appela Holly. Pas de
réponse ; elle se souvint alors que Holly devait être à
son cours du mardi. Elle glissa dans le four un dîner-
télé, prit une douche, endossa un peignoir de bain
rose. Elle mangea en regardant la télévision. A
minuit, trouvant ennuyeux le film qui passait en fin
de programme, elle changea de chaîne. Mais le
spectacle de variétés la rasant également, elle éteignit

le poste. Comme Holly n'était toujours pas rentrée, elle n'accrocha pas la chaîne de sûreté et alla se coucher.

Elle songea alors à Leo Diamond. Tôt ou tard, il faudrait qu'elle y passe. Il insisterait, sans aucun doute.

L'essentiel, c'était qu'il puisse l'aider. Jane n'aspirait qu'à fuir la stricte discipline du Marché A-1. Elle rêvait de devenir une star de télévision, de faire du cinéma. Elle n'avait pas encore réussi à voir sur le petit écran une fille plus jolie qu'elle, ou mieux roulée.

Il n'y avait aucune raison qu'elle ne devienne pas une actrice, une star. Tout ce dont elle avait besoin, c'était d'un peu d'aide. Leo Diamond la lui fournirait. Il était dans les relations publiques, autrement dit en contact avec toutes sortes de gens du show-business. Il pouvait la lancer.

Elle prit alors une décision. Elle allait lui téléphoner dès le lendemain matin, lui donner rendez-vous à New York. Dans la journée. Les nuits blanches l'épuisaient. Elle se ferait porter malade au marché ; Miller ne rouspétait jamais ; à condition de pouvoir de temps à autre la peloter dans un coin.

Elle ferait promettre à Diamond de l'aider, puis lui accorderait un après-midi dans un hôtel luxueux, quelque chose de mieux que le machin décrépi où il l'avait emmenée la première fois. Elle ne s'était jamais fait sauter à New York.

Satisfaite de son plan, elle ferma les yeux et s'endormit rapidement. Le bruit d'un moteur la réveilla. Des pas grimpaient l'escalier. Holly, ramenait le gars avec qui elle était sortie. Ce serait qui, cette fois ?

Elle entendit qu'on raclait à la porte. Holly, bourrée comme une huître probablement, et incapable de glisser sa clef dans la serrure.

Jane se dirigea vers la porte.

— Holly, dit-elle d'une voix ensommeillée, tout en ouvrant.

Une silhouette imprécise franchit le seuil et referma la porte. Jane voulut sortir de son assoupissement, voir plus distinctement.

— Qui est-ce ? demanda-t-elle.

Elle ne vit même pas venir le poing qui la frappa, et bascula à la renverse sur le plancher. Il se rua sur elle, continua à cogner. Elle se débattit, essaya de griffer.

— Foutez-moi le camp ! dit-elle.

Elle entendit sa chemise de nuit se déchirer, la chemise de nuit qui avait coûté soixante dollars chez Lord and Taylor à Stamford. Cette fois, elle se mit vraiment en colère.

— Lâchez-moi, espèce de salopard !

— Sale connasse !

Il la frappa encore et encore. Toute force l'abandonnait et elle se sentit glisser dans un grand vide grisâtre. Elle protesta faiblement. Et brusquement, elle comprit qui c'était, pourquoi il était venu, et qu'il était en train de la tuer. Et elle eut peur. Elle voulut hurler, mais c'était trop tard. Elle coula à pic dans une obscurité profonde et tiède où tout était tranquille. Et elle ne ressentit plus rien.

# CHAPITRE XVII

Loukas, assis derrière son bureau, regardait fixement le gobelet de carton plein de café froid et
s'efforçait de trouver un sens à ce qui se passait.

Jeanine Stafford. Pour commencer, sa fille avait
porté de fausses accusations contre Arthur Slater ; et
maintenant la mère avait été attaquée, mais elle était
incapable, ou plutôt elle refusait d'identifier son
agresseur. Bien qu'il ait interrogé Jeanine Stafford
pendant longtemps, qu'il l'ait pratiquement accusée
de mentir, Loukas n'avait pas réussi à lui faire
changer sa version des faits. Les Stafford, la mère
aussi bien que la fille, le mettaient mal à son aise.
Elles attiraient les ennuis. Elles les provoquaient.

Il récapitula les noms. Horn, Spratt, Keyes ; toutes
violées et tuées. Slater, un suicide. Ruth Diamond,
violée. Judith May, assassinée par Carl Johnson.
Jeanine Stafford, attaquée. Et maintenant Jane
Bonner.

Victor Fellows pénétra à grandes enjambées dans
le Bureau, comme si c'était son club privé, et
s'installa dans un fauteuil en face de Loukas. Il croisa

les jambes, tira sur son pantalon, plaça ses mains sur ses cuisses en un geste délicat.

— Racontez, dit-il.

Loukas baissa les yeux.

— La victime s'appelait Jane Bonner. Vingt ans. Caissière au Marché A-1. Sa copine de chambre s'appelle Holly Mason, vingt et un ans. Même façon d'opérer que pour les autres. Battue, violée, étranglée. D'après le médecin légiste, ça s'est passé entre deux heures et quatre heures du matin.

— Pas de témoins ?

— Pas de témoins. Personne n'a rien entendu. Pas de cris, pas de bruits, rien. Notre héros est doué. Extrêmement doué.

— Et la copine de chambre ?

— Passé toute la nuit ailleurs avec un gars. On a vérifié ; c'est exact.

— Qui savait qu'Holly ne serait pas là ?

— Personne, affirme Holly. Ça s'est décidé à la dernière minute. Elle voit ce gars par périodes, depuis un certain temps. En ce moment, elle sort de nouveau avec lui. Elle est allée directement chez lui en quittant le collège. Elle suit des cours du soir de poésie américaine. Holly a tout simplement oublié de prévenir Jane.

— Ça me paraît bien bizarre.

— Les filles opéraient sur des longueurs d'ondes différentes. Chacune pour soi. Elles ne partageaient ni leurs petits amis, ni leur chambre à coucher, ni leurs secrets, apparemment. C'est du moins ce que raconte Holly.

— Et vous y croyez ?

— Je crois tout ce qu’on me dit. Encore que j’aie tendance à me méfier, depuis quelque temps.

Fellows fronça les sourcils, ce qui lui donnait l’air d’un écolier réfléchissant à une question d’examen.

— Comment est-il entré ? Il s’agit d’une maison ou d’un appartement ?

— Un appartement. Pas d’effraction. La serrure n’a pas été forcée. La chaîne de sûreté était intacte. Je suppose que Jane Bonner l’a fait entrer.

— Elle le connaissait.

— Pas forcément.

— Mais c’est probable.

— C’est à envisager. Henderson est de nouveau en train d’interroger Holly.

— Le Marché A-1, dit Fellows. On y revient toujours. Ça n’est pas là que travaille ce livreur ?

— Virgil Reiser.

— Oui. Je m’interroge de plus en plus sérieusement au sujet de M. Virgil Reiser. Amenons-le ici.

— Tom Petersen est allé le chercher il y a dix minutes. Ils vont arriver.

Loukas parlait à contrecœur, ne voulant pas tout dire à Fellows, mais s’irritant de sa propre mesquinerie.

— Nous allons voir.

Le téléphone sonna et Loukas décrocha. Il écouta un instant et raccrocha.

— Petersen a amené Virgil dans la pièce à côté. Il peut attendre. Je vais voir où en est Henderson avec Holly.

— Je vous accompagne.

Dans le bureau du Capitaine Henderson, Holly Mason, assise dans un fauteuil, était tassée sur elle-même, tête baissée. Ses doigts s'agitaient nerveusement et elle tenait ses genoux étroitement serrés, comme pour parer à un danger. Ses yeux étaient décolorés.

— Alors ? s'enquit Loukas.

Henderson fit la grimace.

— Holly a la mémoire la plus détestable du monde, ou alors elle nous fait des cachotteries.

— Je suis le Procureur, dit Fellows en s'avançant d'un pas. Je dois vous prévenir que vous risquez d'être inculpée de complicité et d'entraves à la justice si vous ne nous dites pas tout ce que vous savez.

— Un instant, fit Loukas qui adressa à la jeune fille un sourire d'encouragement. Holly essaie peut-être de protéger Jane, tout simplement. Après tout, elles étaient copines de chambre. Amies. La réputation d'une fille peut avoir beaucoup d'importance, surtout dans de telles circonstances. N'est-ce pas, Holly ?

Holly s'humecta les lèvres, passa les hommes en revue.

Loukas poursuivit d'un ton bienveillant :

— Holly, comprenez bien que la seule chose qui nous intéresse, c'est d'attraper le gars qui a fait ça à Jane. Son meurtrier.

— Je ne sais rien, protesta-t-elle.

— Nous avons besoin de toute l'aide que nous pouvons obtenir, Holly. Quatre femmes sont mortes. Une cinquième s'en est tirée de justesse. Il frappera encore à moins que nous ne l'en empêchions. Vous avez peut-être un bout de renseignement qui pourrait nous être utile.

Holly secoua la tête.

Henderson intervint d'une voix dure.

— Nous découvrirons ce qu'il y a à découvrir. Avec ou sans votre aide. Mais si vous nous cachez quelque chose, vous le regretterez.

— Jane était mon amie.

— Alors aidez-nous à trouver l'homme qui l'a tuée, dit Henderson. Bon Dieu, ç'aurait tout aussi bien pu être vous.

— Donnez-nous des noms, Holly, dit Loukas. (Une idée informe lui traversa l'esprit, mais s'évanouit sans s'être précisée. Il jura en silence.) Jane voyait-elle quelqu'un régulièrement ?

— Elle refusait les attaches. Elle disait toujours qu'elle voulait être libre.

— Jane aimait les hommes, reprit Loukas d'un ton conciliant. Elle ne pouvait pas s'en passer.

Holly se pelotonna sur elle-même.

— Quelquefois, elle allait au Sweet Dreams.

— Un endroit pour se faire draguer, grommela Henderson.

— Vous alliez avec elle ? s'enquit Fellows, nettement désapprobateur.

— Quelquefois, répondit Holly. Il y a de quoi devenir enragé, le soir, dans ce patelin. Pour une fille jeune, il n'y a rien à faire.

— Jane faisait la connaissance d'hommes au Sweet Dreams ?

— C'est un endroit fait pour.

— Vous devez bien vous rappeler quelques noms ?

— Pas du tout. Ça se passait pas comme ça. On ne restait pas ensemble. Si l'une de nous avait un ticket, on se séparait. Comme ça, pas de concurrence.

— Miss Bonner couchait avec ces hommes ? demanda Victor Fellows.

Holly écarta les mains.

— Comment je le saurais ?

— Est-ce qu'elle les ramenait à la maison ? demanda calmement Loukas.

— Peut-être. Pendant que je dormais. Je ne suis pas sûre.

— Holly, la prévint Loukas, je suis allé dans cet appartement. Les murs sont en papier. S'il se passe quelque chose dans une chambre, on l'entend dans l'autre.

Holly regardait dans le vide.

— Oh, je savais bien quand il y avait quelqu'un avec elle, je suppose.

— Beaucoup d'hommes ?

— Quelques-uns.

— Vous êtes sûre de ne connaître aucun nom ?

— Je suis sûre.

— Faisons circuler une photo de Jane au Sweet Dreams, suggéra Fellows. Quelqu'un connaîtra bien un type qui était avec elle. Cette fois, je crois que nous tenons une piste.

— Nous l'aurions fait automatiquement, dit Henderson, excédé.

Fellows fit mine de n'avoir pas entendu.

— Je n'arrive pas à croire que Jane n'ait jamais mentionné un nom d'homme, Miss Mason. Ça ne paraît pas logique, chez deux filles qui vivaient si près l'une de l'autre. Je veux que vous réfléchissiez à la gravité de la situation. Je n'hésiterai pas à vous inculper, vous ou toute autre personne qui obstruerait le cours de la justice. Est-ce bien clair ?

Holly frissonna.

— Je ne veux causer d'ennuis à personne.

— Qui ? insista Fellows.

Elle parut brusquement se détendre.

— Il y avait un gars qui lui courait après. Mais ils n'étaient pas vraiment ensemble.

— Qui ?

— Il est marié.

— Nous tenons notre mobile, s'exclama joyeusement Fellows.

Loukas toisa le Procureur :

— Vous vous imaginez qu'il couchait avec toutes ces femmes et qu'il les a assassinées chaque fois pour se protéger ?

— Peut-être pas.

— Comment s'appelle-t-il, Holly ? demanda Loukas.

— Leo Diamond.

*

Diamond se trouvait dans le bureau du Capitaine Henderson. Dans le couloir, Henderson, Fellows et Loukas s'entretenaient à mi-voix.

— Il ne sait rien, même au sujet de Jane, dit Henderson.

— Ça ne me plaît guère.

— Mais bon Dieu, Theo, pourquoi ? Il en pinçait pour la fille, on le sait. Elle le faisait marcher. Elle est allée un peu trop loin. Il s'est jeté sur elle exactement comme il s'est jeté sur les autres.

— Y compris sa propre femme ? Il l'a tabassée et violée dans son propre garage ?

— On a vu des choses plus bizarres.

— Et elle ne l'a pas reconnu ?

— Elle veut peut-être le protéger. On a vu des choses plus... (Il s'interrompit et poussa un juron.) On n'aboutit qu'à des impasses.

— Il va peut-être parler, déclara Fellows. Après tout, il connaît deux des victimes, M<sup>me</sup> Diamond et Jane. Il en sortira peut-être quelque chose.

— Vous allez le travailler, tous les deux, dit Henderson. Cette foutue affaire flanque le bordel dans tout le service. Plus rien ne va plus. J'ai des choses importantes à régler.

Il s'éloigna le long du couloir, soulagé d'être hors du coup pendant quelque temps.

Loukas pénétra le premier dans le bureau. Diamond, debout à la fenêtre, regardait au-dehors. Il se retourna, main tendue, souriant. C'était ce qu'il appelait son « sourire de commis voyageur ». Chaleureux, accueillant, franc.

Loukas lui indiqua une chaise.

— Asseyez-vous, monsieur Diamond.

— Je préfère rester debout, dit Diamond. Si vous permettez.

— Asseyez-vous.

Loukas avait pris une voix dure, impersonnelle. Diamond obtempéra, soudain déconcerté.

— De quoi s'agit-il ? J'ai repensé à votre coup de fil pendant tout le trajet depuis la ville. Ceci me fait perdre beaucoup de temps et le temps, c'est précisément ce que je vends, dans mon boulot. Je suppose que vous avez fini par trouver l'homme qui a attaqué ma femme, c'est bien ça ? Vous voulez que Ruth l'identifie et vous avez pensé que ma présence faciliterait les choses. Ruth est à New York. J'ai un numéro où vous pouvez l'appeler. Ou bien préférez-vous que je m'en charge ?

Loukas se pencha en avant, et ses yeux, en général doux, flamboyaient.

— Quand avez-vous couché avec Jane Bonner pour la première fois, Diamond ?

Diamond fit mine de se lever. Loukas lui appuya sur l'épaule et Diamond se laissa retomber sur sa chaise.

— Quand ?

Le visage de Diamond se décomposa. Sa peau blafarde se marbra de rouge, ses yeux bleu délavé devinrent ternes, grisâtres, sa bouche se mit à trembler.

— Je ne connais pas cette jeune femme.

— Pas de conneries, fit sèchement Loukas. Vous la connaissiez.

— Oui, admit Diamond, oui, je la connais. (Il fit un effort pour le prendre de haut.) Je ne vois pas ce que ça a à voir avec... Il n'est pas nécessaire d'en parler, n'est-ce pas ? Je veux dire, nous connaissons la vie, tous autant que nous sommes...

— Quand avez-vous vu Jane pour la dernière fois ?

— Il y a deux jours, dans la soirée. A New York. Elle a passé un moment avec moi.

— Où ?

— Un hôtel.

— Quel hôtel ?

— Le Plaza. Je voulais l'impressionner. (Il émit un son qui débuta comme un rire et se termina comme un sanglot.) Elle a dit que je ne devais pas avoir une bien haute opinion d'elle pour l'emmener dans un vieil hôtel miteux comme ça. Le Plaza, un hôtel miteux !

— Où étiez-vous la nuit dernière ?

— A New York.

— Vous y avez dormi ?

— Oui. Qu'est-ce que ça y change ?

— Où ?

— Que voulez-vous dire ?

— Où avez-vous dormi ?

— Au Plaza.

— Avec qui étiez-vous ?

— Seigneur, j'étais seul. Pour qui me prenez-vous ?

— Vous passez beaucoup de temps en ville ?

— Ma foi oui.

— Qu'en pense M<sup>me</sup> Diamond ?

Diamond commençait à reprendre du poil de la bête.

— Est-ce que ça a un rapport avec tout ça ?

— Répondez à ma question.

— Ma femme et moi, eh bien, nous avons quelques problèmes. Tout va s'arranger, d'ailleurs.

Victor Fellows regarda fixement Diamond.

— Ce matin, vers deux heures environ, vous êtes allé voir Jane Bonner.

— Deux heures du matin ! Je vous dis que j'étais en ville.

— Chez elle, ici, à Arcadia. Duncan Road. Elle dormait, vous l'avez réveillée. Elle a probablement refusé de vous laisser entrer, pour commencer, mais vous avez réussi à la faire changer d'avis.

— Non, non.

— Elle a ouvert la porte et vous l'avez attaquée.

— Attaquée ? J'ai attaqué Jane ? Et pourquoi j'aurais fait ça ?

— Parce que vous en pinciez pour elle, expliqua Loukas sans enthousiasme. Parce qu'elle vous résistait. Parce que vous avez perdu la tête.

— Mais c'est dingue ! Je ne sais pas de quoi vous voulez parlez, mais demandez à Jane. Elle vous dira que je ne me suis jamais approché de chez elle. Vous pensez que je prendrais un risque pareil ?

— Vous l'avez violée, dit Fellows .

Diamond ouvrit tout grand les yeux.

— Et ensuite étranglée.

Une expression de peur se peignit sur le visage de Diamond. Loukas avait l'impression de voir fonctionner son esprit, en train déjà de dresser des barricades derrière lesquelles se replier.

— Jane est... morte ?

— Tout ce qu'il y a de mort, fit Loukas d'un ton rogue.

Il n'éprouvait aucune sympathie pour Diamond et il aurait été ravi de l'inculper.

— Violée et assassinée. Comme les autres.

Diamond sentit une nausée l'envahir. Il avait la gorge desséchée, douloureuse, et ses yeux lui faisaient mal. Il se sentait environné de dangers.

— Messieurs, commença-t-il d'un ton conciliant, nous connaissons la vie...

— Vous l'avez déjà dit, coupa Loukas.

Il ne voulait pas qu'on le mette dans le même panier que Diamond. Ou que Victor Fellows, d'ailleurs. Il lui vint à l'esprit que, d'une certaine façon qu'il n'avait encore jamais analysée, il était snob.

Snob moralement ; c'était peut-être pour cette raison qu'il était devenu flic. Il faudrait creuser la question.

— Nous savons tous comment ça se passe dans la réalité... continuait Diamond.

— Nous parlons d'homicide, monsieur Diamond, déclara Fellows d'un ton froid.

— Pouvez-vous prouver que vous étiez à New York la nuit dernière ? demanda Loukas.

Diamond hésita un instant avant de répondre :

— Je pense que oui.

— Vous avez un nom à nous fournir ? s'enquit Fellows, qui semblait déçu.

— Oui, fit Diamond d'une voix presque inaudible. Elle s'appelle Michele. (Il regarda autour de lui, comme pour quêter une approbation.) C'est une professionnelle.

— Toute la nuit ? demanda Loukas.

Diamond répondit lentement :

— Elle était dans la chambre quand je suis parti à mon bureau ce matin. C'est une très gentille fille, comprenez-moi bien. Je ne voudrais pas lui causer des ennuis.

— Nom de famille, adresse, numéro de téléphone, dit Loukas. (Diamond sortit un carnet d'adresses qu'il lui tendit. Loukas nota les renseignements.) Arrangez-vous pour être disponible si j'ai besoin de vous, monsieur Diamond.

*

Le téléphone était le symbole de sa destruction. La sonnerie allait retentir, il répondrait et la vie exploserait entre ses mains. Il gémit, comme en proie à une souffrance insupportable.

Lorsque le téléphone sonna en effet, il attendit un long moment avant de décrocher. Mais son correspondant savait qu'il était là, qu'il ne pouvait aller ailleurs. Il tendit la main vers l'appareil.

— Oui...

— Oh, Emmett... commença-t-elle, tu dois avoir honte de toi.

Il se fit l'effet d'un petit garçon coupable qu'on réprimande.

— Que leur as-tu dit, Jeanine? demanda-t-il.

— A la police? Ils m'ont mise sur la sellette, Emmett. Ils affirmaient que j'avais dû reconnaître l'homme qui m'a attaquée. Un certain sergent Loukas, Emmett. Je ne pense pas qu'il m'ait crue. Mais il ne pouvait rien faire. Il croit peut-être que c'est l'obsédé sexuel qui m'a agressée. C'est bien ce que tu voulais qu'on croie, n'est-ce pas, Emmett?

— Pourquoi ne m'as-tu pas contacté plus tôt au lieu de me laisser me ronger les sangs pendant des jours?

— Ce que tu as fait est terrible, Emmett. Je me suis dit que j'allais te laisser mijoter quelques jours.

— Je devenais fou, Jeanine.

— Tu l'aurais vraiment fait, Emmett? Tu m'aurais tuée?

— Je ne sais pas.

— Et violée?

— Je ne sais pas.

— Oh, Emmett, tu m'inquiètes.

— C'était une erreur stupide, je le reconnais.

— Il va falloir que nous procédions à un nouvel arrangement financier, Emmett.

— Je comprends.

— Jusqu'à présent, tu ne payais que pour le plaisir que tu t'es offert avec Belle il y a trois ans. Tu es un pervers, Emmett.

— Je t'en prie, protesta-t-il avec une certaine indignation.

— Maintenant, reprit-elle d'un ton agressif et satisfait, tu dois payer parce que tu as essayé de me tuer.

— Et si je refuse ?

— Ne sois pas idiot. Il me suffit de t'accuser. Tentative de viol, Emmett. Aucune condamnation n'est nécessaire, aucune preuve. Une simple accusation, et ta précieuse carrière est terminée. Songe à la façon dont réagiraient tes producteurs, Emmett. Oh, tu vas payer, aucun doute là-dessus, parce que c'est la seule façon de garder pour nous tes vilains petits secrets.

— Combien ?

— Cinq mille dollars par mois.

— C'est dément !

— Pas du tout. Tu gagnes cinq ou dix fois plus. C'est parfaitement raisonnable.

— J'aurais dû te tuer.

— Ce genre de propos ne peut que t'attirer des ennuis supplémentaires. De toute façon, j'ai écrit une lettre, Emmett. Sur toi, et ton histoire avec Belle, et sur ce que tu as essayé de me faire. Je vais en envoyer un double à mon avocat, un autre à ma sœur à Jacksonville, et ranger le troisième dans un coffre à la banque. Au cas où je serais la victime d'un accident soudain. Mais c'est peu probable, n'est-ce pas, Emmett ?

— Peu probable, dit-il au bout d'un long moment. Tu vas certainement vivre très, très longtemps.

— Envoie-moi l'argent chaque mois, Emmett. Nos petits rendez-vous vont me manquer, mais je ne peux plus prendre ce genre de risques.

— Comme tu voudras, Jeanine.

— Oui, comme je voudrai.

# CHAPITRE XVIII

Un groupe d'hommes étaient réunis autour du piano, chez Jerry. Ils chantaient « Les trottoirs de New York », comme si c'eût été un hymne.

Dans un box du fond, Loukas et Sandy Felton mangeaient des queues de homard et la salade de chou rouge de Jerry, tout en buvant de la Miller glacée dans des chopes. Loukas, préoccupé toute la soirée, concentrait son attention sur la nourriture. Sandy en profita pour l'observer. Son visage, malgré ses traits irréguliers, était étrangement séduisant, buriné, strié de rides, éclairé par ses yeux bruns pleins de douceur.

Il restait pour elle un inconnu, un flic, un personnage officiel. Elle n'arrivait pas à l'isoler de son métier ou du pistolet qu'il portait à sa ceinture. Tout homme qui se promène avec un pistolet doit fatalement être agressif, coriace, dangereux. Sa gentillesse devait être un masque, décida-t-elle.

— Vous aimez bien votre métier de flic, n'est-ce pas, Theo ?

Il voulait qu'elle le respecte, qu'elle admire son travail. Qu'elle éprouve de la sympathie pour lui.

Mais le profond fossé social qui les séparait ne semblait pas pouvoir être comblé.

— Dans une petite ville comme celle-ci, dit-il, on fait son boulot de son mieux jusqu'à ce qu'on touche sa retraite.

— Ça se borne à ça ?

— La plupart du temps. Jamais rien de bien excitant.

— Vous voulez prendre votre retraite ?

— J'y pense sérieusement depuis quelque temps.

— A cause de l'affaire actuelle ?

— Probablement.

— Tout le monde est déboussolé.

— Je le hais, fit-il avant même de s'être rendu compte de ce qu'il disait.

— Le tueur ?

— Pour ce qu'il fait à cette ville, ce qu'il a fait à ces femmes, ce qu'il m'a fait à moi.

Elle lui effleura la main.

— Ça vous tourmente tellement ?

Il se détourna.

— Je n'y suis pas habitué, voilà tout. Mais après tout, personne ne m'a forcé à être flic.

— Vous allez l'attraper, Theo.

— Le temps passe. Il a de plus en plus de chances de s'en tirer.

— Vous devez bien avoir une idée...

— Rien d'intéressant. S'il y a eu des indices, ils ont disparu, ils ont été effacés.

— Comment réussirez-vous à identifier le coupable ?

— En apprenant à mieux le connaître, en perçant sa personnalité à jour.

— Vous pensez qu'il connaissait vraiment chacune de ses victimes ?

— Tout semble l'indiquer. Ce n'était pas des amies, mais il était, d'une façon quelconque, en contact avec elles. C'est bien ça qui fout tout en l'air. Le gars qui correspond à tout ça refuse de rester conforme au modèle.

— Alors ça doit être quelqu'un d'autre.

— Probablement.

— Pourquoi faut-il qu'il tue les femmes ? Les violer, c'est déjà assez épouvantable, mais les assassiner...

*

En partant de chez Jerry, ils roulèrent jusqu'à la plage et restèrent assis dans la voiture à contempler, au-delà du sable, les eaux froides du Détroit de Long Island.

— Vous aimez vivre à Arcadia ? demanda-t-elle, rompant un long silence.

— Vivre ici ? Je pense que oui. (Il n'avait jamais réfléchi à la question. C'était là qu'il était né, avait été élevé, avait toujours vécu. Il faisait partie de la ville et la ville faisait partie de lui. Tout comme le Fort ou la Mairie ou les canards sauvages qui venaient à sa maison chaque printemps pour se faire nourrir de miettes de pain complet.) Je suis chez moi, ajouta-t-il.

Sans préambule, elle l'embrassa sur la joue. Il resta impassible, ne dit rien, ne fit rien. Elle s'inquiéta. Elle ne voulait pas l'offenser ou le priver de ces précieuses prérogatives qui semblent tellement importantes aux hommes.

Puis, sans avoir prononcé un mot, il se pencha vers elle. Ses lèvres étaient fermes et beaucoup trop sèches. Elle lui posa une main sur la nuque et pointa sa langue. Il recula.

— Je tiens à ce que vous sachiez que vous me plaisez beaucoup, dit-il cérémonieusement.

Elle se sentit brusquement soulagée.

— Je pensais que vous n'aviez pas envie de m'embrasser.

— Des gars prétendent que certaines femmes sont attirées par les flics comme les minettes par les chanteurs rock.

— Ah, peut-être. Mais vous me plaisez, Loukas.

— Tant mieux.

— Oui. Embrassez-moi encore. Je sens que je pourrais y prendre goût.

— Je ne suis pas très doué.

— Alors, exercez-vous, sergent, exercez-vous.

Au bout d'un moment, ils se séparèrent.

— Tu fais des progrès, dit-elle.

— Merci.

— Tu es le genre d'homme qui apprend rapidement.

— Je suis content que ça te plaise.

— Encore ? dit-elle.

— A moins qu'il ne se fasse tard pour toi ?

— Tu crois qu'on pourrait aller quelque part ?

— Où tu voudras.

— Chez toi, ce serait très bien, j'en suis sûre, lui chuchota-t-elle à l'oreille.

218

Il démarra sans mot dire. Elle renversa la tête en arrière et ferma les yeux.

— Roule prudemment, je t'en prie. Pas question qu'on soit arrêtés par un flic.


En ronronnant de satisfaction, elle changea de position et lui posa une jambe en travers du ventre. Il caressa sa cuisse ronde et ferme, mit sa main sur sa hanche.

— Tu n'es pas très bavard, dit-elle.

Mais ça n'était pas un reproche.

— Que pourrais-je dire ?

— C'est un compliment ?

— Tu es incroyable.

Elle respira profondément.

— C'était bon, n'est-ce pas, Theo ?

— Oui.

— Ça continuera à l'être ?

— Pourquoi pas ? Bien sûr que oui. Ça ne dépend que de nous.

— Je trouve que tu es un type très bien, Theo.

— C'est toi qui es une fille formidable.


— Je réfléchissais... dit-elle dans l'obscurité de la chambre à coucher.

— Hmmm ?

Il fit un effort pour écouter, mais sans se donner trop de mal.

— Tu ne pourrais pas tendre un piège ?

— Qu'est-ce que tu veux attraper ?

— Le meurtrier, l'homme que tu cherches.

— La loi interdit de tendre des pièges.

— Les flics n'enfreignent jamais la loi pour la faire respecter ?

Il songea à Arthur Slater, à la façon dont il s'était introduit chez le professeur.

— Ça arrive.

— Tu vois bien. A mon avis, tu devrais trouver quelqu'un, quelqu'un vers qui le tueur se sentirait attiré.

— Une belle femme.

— Oui ! Et quand le tueur l'attaquerait, tu pourrais le coincer.

— J'ai exactement la femme qu'il faut.

— Qui ?

— Toi.

— Ah, Theo, je ne suis pas belle.

— Tu es très belle.

— Tu n'es pas impartial.

— C'est vrai.

Au bout d'un moment, elle reprit, hésitante :

— Si tu veux que je le fasse, je le ferai.

— De quoi parles-tu ?

— De tendre un piège. Si tu étais à proximité, je ne risquerais rien, pas vrai ?

— Je ne pense pas.

— Je veux bien essayer, si tu veux.

— Laisse tomber.

— Tu es sûr ?

— Tout à fait sûr.


Ils remuèrent ensemble dans l'obscurité, s'éveillant lentement, firent encore l'amour. Loukas se surprit ensuite à déclarer :

— Je t'aime.

Les mots semblèrent planer dans le silence et elle en analysa le ton, voulant savoir si c'était une formule toute faite, une promesse sans lendemain. Ça ne semblait pas le cas.

Choqué par sa propre audace, il s'attendait à ce qu'on le raille, qu'on le remette à sa place. Il l'aimait vraiment. Il l'aimait sans la connaître réellement, l'étrangeté et la nouveauté de ce sentiment le terrifiaient. Et le rendaient heureux.

— Tu n'es pas obligé de dire ça, déclara-t-elle.

— C'est vrai, tu sais. Je t'aime.

— Theo, es-tu en train de me demander ma main ?

— Je suppose que oui.

— Ah, Theo.

— Tu n'es pas obligé de te décider tout de suite. Réfléchis. Ça peut attendre.

— Tu es tout simplement trop merveilleux, Theo. Maintenant, dors. Il fera jour dans deux heures.

Il essaya de trouver le sommeil, mais son esprit était en ébullition et il ne cessait de se poser des questions auxquelles il ne trouvait pas de réponse.

*

Loukas arriva au Fort et en trouva l'entrée bloquée par des équipes de la télévision, des photographes, des reporters. On lui fourra des micros sous le nez en le bombardant de questions, tandis que les flashes crépitaient.

— Ça va, les gars, fit-il en se frayant un chemin. Je n'ai rien à vous dire.

Un reporter de la télé vociféra :

— Le Procureur prétend qu'il peut obtenir une condamnation. Vous êtes d'accord ?

Loukas se sentit envahi d'appréhension.

— Si vous retourniez d'où vous venez, les gars ? Laissez-nous faire notre boulot.

— Dites donc, Loukas, faites-nous une déclaration. Qu'est-ce qui vous a conduit jusqu'à ce gars ?

Loukas réussit à sourire et secoua la tête, tout en continuant à se rapprocher de l'entrée de l'immeuble.

— C'est vous-même, sergent, qui avez procédé à l'arrestation ?

— Pas de commentaire.

— Il a déjà avoué ?

Loukas s'exhorta à ne rien dire. Il se sentait de plus en plus nerveux et ne cessait d'ouvrir et de refermer les mains.

— C'est justifié ? lança un reporter du *Banner* par-dessus la tête de ses collègues. Cette arrestation de Reiser ?

Un frisson brusquement glacé passa dans le dos de Loukas. Il songea qu'il avait plus de quarante ans, qu'il était peut-être temps de se mettre à porter un pardessus.

— Tout nouveau renseignement vous parviendra du bureau du Procureur, les gars. Ou de mes supérieurs. Je n'ai rien à dire à ce stade de l'enquête. Laissez-moi passer, je vous prie. Il faut que je gagne mon salaire...

Une fois dans l'immeuble, il se dirigea vers le bureau du capitaine Henderson.

— Qu'est-ce qui se passe ? demanda-t-il à peine entré. Qu'est-ce que c'est que cette histoire de Virgil ?

C'est alors seulement qu'il aperçut Victor Fellows et Tom Petersen. Petersen évitait son regard, mais Fellows se tourna vers lui ; un aimable sourire étira sa bouche bien dessinée.

— Virgil a été arrêté et inculpé il y a environ une heure.

— Inculpé de quoi ? demanda Loukas sans chercher à cacher le mépris que lui inspirait son interlocuteur.

— D'homicide et de viol.

— C'est toi qui l'as arrêté, Petersen ?

— Sur mes instructions, répondit Victor Fellows.

Loukas s'adressa à Henderson.

— Tout ça pue la combine, John. Fellows ici présent a besoin de ces caméras. Et Tom a les dents longues et veut arriver. D'accord. Mais vous, qu'est-ce que vous espérez obtenir en les laissant faire ?

— Ça va comme ça, Theo, l'avertit Henderson.

— C'est parfaitement dégueulasse, cette façon d'agir, et vous le savez, John.

— Ses alibis ne tiendront pas, Theo, intervint Petersen, comme pour prier Loukas d'essayer de comprendre.

Loukas ne daigna même pas le regarder.

— N'importe quel bon avocat le fera acquitter.

— Je ne pense pas, dit Fellows d'un ton suave. J'ai un dossier assez solide contre Virgil. Et qui ne fera que s'améliorer. Peut-être même que nous allons obtenir des aveux. Ça ne m'étonnerait pas du tout. Savez-vous ce que Petersen a trouvé, caché dans la chambre de Virgil ? De la littérature et des accessoires de pornographie. Des magazines et des livres sadomasochistes. *Le plaisir par la douleur* ; ce genre de choses. Un fouet en cuir noir. Des chaînes. Virgil ne réussira pas à abuser le jury avec son air de bébé innocent quand on fournira ce genre de preuves. Pas seulement ça ; il a menti au sujet de Jane Bonner, en prétendant qu'elle était sa petite amie. Pourquoi aurait-il fait ça, sinon pour se protéger ? Je vais expédier ce salopard derrière les barreaux.

— Le Chef est au courant ? s'enquit Loukas.

— C'est lui qui a ordonné l'arrestation, répondit Henderson.

— Mais enfin, ça crève les yeux, poursuivit Fellows. Virgil courait après Bonner. Il dit qu'il était au lit. Il dit que sa mère pourra en témoigner. Ça ne sera pas un argument bien convaincant pour la défense, n'est-ce pas ?

— Vous vous imaginez qu'il est allé chez Bonner à deux heures du matin ? demanda Loukas. Qu'il l'a violée, puis tuée ?

— C'est comme ça que ça s'est passé.

Loukas sentit une nouvelle pensée fantôme se glisser dans son esprit. Cette fois, l'ectoplasme prit de la consistance, s'attarda suffisamment pour qu'il puisse l'examiner. Il avait toujours raisonné suivant la même ligne droite. *Virgil courait après Bonner...* avait dit Fellows, et tout le monde avait accepté son raisonnement.

Mais Loukas était incapable de l'accepter. Il examina encore le fantôme. Très lentement, lui revint en mémoire la remarque négligemment lancée à Holly Mason par Henderson : *Bon Dieu, ç'aurait aussi bien pu être vous...*

Et si c'était Holly que le tueur avait visée ? Dans l'obscurité du petit appartement, il pouvait ne pas s'être rendu compte de son erreur. Il pouvait avoir pris Jane Bonner pour Holly...

Auquel cas, la mort de Jane était une tragique erreur.

Mais qui courait après Holly ? Ce devait être le même homme qui avait préparé soigneusement son coup, travaillé si dur, attendu si patiemment pour attaquer les autres femmes. Holly le connaissait-elle ? Peut-être, sans s'en rendre compte, possédait-elle la réponse. Loukas ouvrit la bouche pour parler, se ravisa.

— Ce sont les pressions que nous subissons, Theo, était en train de dire Henderson. Nous y sommes tous sensibles.

— Alors vous faites chorus, en somme ?

— Je n'ai pas le choix.

— Moi si. Je cesse de m'occuper de l'affaire.

— Ça me paraît très raisonnable, dit Fellows.

*

Loukas téléphona à Ned Bookman et obtint un répondeur automatique. Il laissa son numéro et son nom, ajoutant que c'était urgent. Bookman le rappela dix-huit minutes plus tard.

— Docteur, commença Loukas sans préambule, je vous ai fait une fleur en ne révélant pas certains

225

faits. Maintenant j'ai besoin de renseignements que vous pouvez me donner.

— C'est de bonne guerre.

— Il semble que notre tueur ait à fonctionner, en partie du moins, dans l'orbite de ses victimes. Eh bien, supposons qu'il se soit trouvé dans cette orbite dans le passé. Est-il possible, du point de vue psychologique, qu'il ait choisi ses victimes à ce moment-là et qu'il soit maintenant revenu pour se venger ?

— Oh oui, fit Bookman, manifestement soulagé.

— Il y a un an, plus peut-être ?

— Absolument plausible. Un homme de ce genre peut ressasser le désir que lui ont inspiré ces femmes pendant très longtemps, et leur en vouloir de plus en plus à mesure que le temps passe, fou de rage parce qu'elles n'ont pas reconnu son existence.

— En tant que psychiatre, que ferait, d'après vous, le tueur si une femme s'arrangeait pour lui être accessible ? Manifestait pour lui un certain intérêt ? Flirtait avec, peut-être. Est-ce qu'il irait jusqu'à lui faire ouvertement des propositions, lui fixer un rendez-vous, essayer de la séduire ?

— J'en doute. Je crois plutôt qu'il appliquerait la même méthode. Il s'amènerait à la dérobée, essaierait de l'agresser. Il a probablement une piètre opinion de lui-même et refuserait de croire qu'une femme puisse vraiment s'intéresser à lui. Ou plutôt, il considérerait toute manifestation d'intérêt comme une façon de l'appâter, et il essaierait de se venger.

— Je vois.

— Vous ne voulez rien savoir d'autre ?

Loukas comprit que Bookman voulait prolonger la conversation.

— Rien, docteur.

— Vous avez trouvé quelque chose ? enchaîna vivement Bookman. Vous soupçonnez quelqu'un ? Enfin... Écoutez, Loukas, vous comprenez ma position. Visiblement, vos soupçons ne se portent plus sur moi. D'homme à homme, vous garderez pour vous mon petit secret ? Je peux compter sur vous, n'est-ce pas ?

— Vous n'avez aucun souci à vous faire, Docteur, répondit Loukas avec froideur. A mon sujet, en tout cas.

— Ah, Loukas, vous êtes un chic type. Je le savais.

Mais Loukas avait déjà raccroché.

Il alla voir Holly Mason.

— Encore quelques questions, Holly, commença-t-il.

— Oh, d'accord. Si vous pensez que ça puisse être utile...

— Absolument. Quelqu'un vous court après, Holly ?

— Me court après ? répéta-t-elle en fronçant les sourcils.

— Quelqu'un essaie de vous séduire ?

Elle se mit à rire.

— Oh, c'est pas ça qui manque. Enfin... je ne suis pas trop moche, non ?

— Un homme en particulier, Holly ?

— Je rencontre des tas de gars.

— Quelqu'un que vous envoyez tout le temps

promener, que vous refusez de voir ? Quelqu'un qui
ne vous intéresse absolument pas ?

— Vous savez, je ne couche pas avec n'importe
qui.

— Il s'agit d'un homme assez particulier. Il ne
vous solliciterait pas directement. En fait, peut-être
qu'il ne vous parlerait même pas. Il se contenterait de
vous regarder. De loin. Peut-être ne vous a-t-il
jamais adressé la parole.

Elle frissonna.

— Ça me fiche la trouille, ce genre de trucs.

— Il existe quelqu'un comme ça ?

— Je ne vois vraiment pas...

— Prenez votre temps.

— Je ne vois personne.

— Ces cours du soir que vous prenez, au collège...

— Oh, fit-elle, maintenant que vous m'en parlez,
il y a quelqu'un de ce genre toujours à rôder dans les
parages, à reluquer.

Loukas attendit qu'elle poursuive.


De retour au bureau, Loukas songea à appeler le
Marché A-1, puis changea d'avis. Il décida de téléphoner à Ruth Diamond, à New York. Il lui fit part
du nom qu'Holly lui avait donné.

— Ça vous dit quelque chose, Madame
Diamond ?

— Je ne suis pas très douée, pour les noms.

— Et si je vous procurais un visage, en même
temps que le nom ?

— Vous voulez dire que vous l'avez attrapé ?

Une certaine peur perçait dans sa voix. Elle n'avait

pas envie de replonger dans la vie à laquelle elle avait échappé.

— Nous l'aurons bientôt, je pense.

— Il faisait tellement noir cette nuit-là. Et j'avais tellement peur...

— Essaierez-vous de l'identifier, le moment venu ?

Il l'entendit soupirer.

— J'essaierai.

Loukas n'en attendait pas plus. Il faudrait essayer de constituer un dossier sans son aide. Agir seul, et agir rapidement.

Virgil Reiser, terrorisé, était emprisonné dans la cage, au Fort. Il méritait d'être libéré.

Et il y avait Victor Fellows. N'aspirant qu'à se propulser sur la scène politique. Dépourvu de tous principes moraux, sans aucun sens du bien et du mal, préoccupé par une seule question : est-ce que ça marchera ?

Loukas se sentit honteux de prendre un tel plaisir au triomphe qu'il était sûr de remporter sur Fellows. Il avait permis que cette affaire devienne une sorte de duel entre lui et le Procureur.

*

Loukas resta immobile derrière la porte refermée de l'appartement, attendant que ses yeux s'habituent à l'obscurité. Chaque fois c'était plus facile, de forcer une porte fermée à clef, de pénétrer en territoire étranger. De travailler en marge de ses attributions.

Il braqua alentour le faisceau de sa lampe. Il y avait des livres sur des étagères ou éparpillés par terre : *L'amour et la souffrance. Douleur Sexuelle. Un manuel pour Aujourd'hui. Sadomasochisme. La méthode de l'Homme Véritable.* Quelques-uns étaient ouverts à des passages lus récemment ; certaines pages étaient marquées d'un bout de papier. Des passages avaient été soulignés, des mots entourés, des photos annotées en marge.

Il y avait des piles de magazines qui montraient des hommes musclés en justaucorps et culotte de cuir, en cache-sexes, ou nus. Ils brandissaient des gourdins, des massues et des fouets au-dessus de femmes nues prostrées à leurs pieds, qui feignaient la terreur et la soumission.

Loukas passa dans la pièce du fond. Au milieu, se trouvait un lourd établi. Sous le faisceau mobile de la lampe, d'étranges et terrifiantes silhouettes semblaient se mouvoir dans l'obscurité. Un énorme pénis sculpté dans du bois, portant une couronne d'épines ; un sein en argile, fendu par une hache de bûcheron ; une tête de femme, rasée, au nez cassé, avec des traces de coups de marteau sur le crâne, une oreille arrachée ; un vagin en argile grise d'où émergeait un couteau.

Loukas retourna dans le living-room et s'assit. Des émotions contradictoires s'emparèrent de lui. Du soulagement parce que c'était presque fini, et une fureur sans nom à l'idée qu'un homme si manifestement malade et consumé par la haine puisse être libre de rôder à sa guise, de torturer et de détruire d'innocentes créatures.

Loukas ne doutait aucunement qu'il fût assis dans le fauteuil du tueur. Mais il ne détenait aucune preuve légale ; sa présence même dans cet appartement violait les droits civiques du suspect. Loukas entendait que ces droits soient pleinement respectés. Il entendait également arrêter le tueur et prouver sa culpabilité avant qu'il ne fasse une autre victime.

# CHAPITRE XIX

Victor Fellows, accoté à ses oreillers, étudiait le contrat Schor-Matheson. Cent mille dollars par an ; un forfait, plus les frais. C'était le contrat le plus lucratif qu'ait jamais obtenu son cabinet d'avocat. En outre, Harold L. Matheson était doué d'un remarquable flair en matière de politique et il était homme à investir son argent là où résidaient ses intérêts politiques, ce qui rendait l'affaire doublement excitante.

Sa principale raison de se réjouir, néanmoins, ça n'était pas Matheson, mais l'évolution d'une situation qui jusqu'alors avait entretenu chez lui un vif mécontentement. Avec Virgil Reiser bouclé, avec Petersen en train de rassembler des preuves, Fellows avait toutes les raisons d'être satisfait. Et pourtant il n'éprouvait ni satisfaction ni optimisme.

Un doute le rongeait.

Loukas.

Petersen était ambitieux, prêt à tout pour obtenir de l'avancement, résolu à prendre des risques pour s'élancer, accroché aux basques de Fellows, vers le succès. Le Premier Conseiller DaCosta, bien décidé à ne pas sombrer politiquement, était facile à manipuler. Le Chef Wakeman, faible de nature, vacillait. Henderson, un bon flic, était bien trop l'homme de l'ordre établi pour faire cavalier seul longtemps.

Loukas était le seul à ne rien attendre de cette affaire. Ou plutôt, il était le seul à vouloir trouver le coupable. A mettre fin à la crise. Fellows ne pouvait s'empêcher d'admirer Loukas, et même d'éprouver de la sympathie pour lui. Dommage que Loukas n'eût d'autre ambition que celle d'être ce qu'il était déjà : un flic. Fellows se désolait de n'avoir pas réussi à trouver un terrain d'entente avec l'inspecteur.

Une voiture remonta l'allée, interrompant ses réflexions. La porte claqua et il entendit des pas familiers dans l'escalier. Pauline était rentrée. La pendule sur la table de nuit indiquait une heure trente-cinq. Fellows posa le dossier et se redressa contre son oreiller.

— Eh bien, fit-il en guise d'accueil, je me demandais si tu allais te décider à rentrer.

— Je suis allée en ville. (Elle enleva sa robe.) Tu le savais, d'ailleurs.

— Ça fait déjà deux fois cette semaine.

— Avec vendredi, ça fera trois. La galerie me donne beaucoup de travail.

Elle enleva son soutien-gorge et sa culotte. Son corps était svelte, remarquablement bien conservé pour une femme qui avait eu un enfant, mangeait et buvait sans se priver et ne faisait jamais d'exercice.

— On a besoin de toi ici, dit-il.

Elle disparut dans la salle de bains et il entendit bientôt la douche qui coulait. Il attendit patiemment.

Elle revint, portant une longue chemise de nuit en

cotonnade, ornée d'un volant aux poignets et à l'encolure.

— Je suis morte de fatigue, annonça-t-elle en se glissant dans le lit.

Elle s'étendit sur le flanc, lui tourna le dos.

Il lui effleura la nuque du bout des doigts. Elle frissonna.

— Ça fait bien longtemps... dit-il d'une voix contenue.

— Qu'est-ce qui peut bien motiver cette réflexion ?

— C'est de t'avoir regardée te déshabiller, Pauline. De t'avoir vue nue. Tu as un corps ravissant.

— Victor, tu m'étonnes parfois. Jusqu'à présent, tu as toujours préféré l'obscurité.

— Les gens changent.

— Pas mon Victor.

Il glissa une main sous sa chemise, lui caressa les fesses.

— Tu as une peau absolument merveilleuse, Pauline.

— Il faut que je dorme.

— Il existe ce qu'on appelle les droits conjugaux. (Il eut un petit rire.) N'importe quel juge dirait...

— Pas ce soir, Victor.

— Ça n'est pas pour ça que tu t'es douchée ?

Elle se retourna, le scruta comme pour juger de son état d'esprit.

— Très bien, dit-elle. Tu as le droit de savoir.

— De savoir ? De savoir quoi ?

— Il y a d'autres hommes dans ma vie.

Il fronça les sourcils.

— Tu veux bien expliquer ce que tu entends par là ?

— Victor, fit-elle d'un ton plein de patience, je suis en train de t'expliquer que je couche avec d'autres hommes.

— Tu avoues commettre l'adultère !

— Dans certains milieux, on appelle ça s'envoyer en l'air.

— Essaie donc de combattre ta vulgarité naturelle, ma chère. Tu as dit d'autres hommes. Au pluriel. Est-ce là un simple lapsus ?

— Un fait, tout bonnement. Plus d'un, en tout cas. Au pluriel, en effet. Un certain nombre d'hommes.

Il réfléchit un instant.

— Combien ?

— Le nombre varie. Trois, assez régulièrement. Ça te suffit comme explication ?

— Pourquoi ? s'écria-t-il. Pourquoi ?

— Parce que j'ai besoin de ce que je ne trouve pas ici. Ce que tu n'as jamais été capable de me donner, Victor.

— Tu es une mère et une épouse.

— Et un être humain qui a ses propres besoins. Tu préférerais que je continue à exister dans le reflet de ta gloire. Je ne peux pas. Je ne peux plus me contenter d'accepter des aumônes, tant sur le plan physique que sur le plan émotionnel. Je veux avoir ma propre existence. J'en ai besoin. J'y ai droit. Les hommes font partie de cette existence-là. (Elle s'assit dans le lit.) La galerie marche très bien, Victor. Oh, ça n'est pas la plus grande ni la meilleure, mais elle progresse. Et son succès ne fera que croître. Je me débrouille très bien dans mon travail. Je rencontre des gens intéressants, séduisants. Je leur plais. Je suis très demandée. Socialement et sexuellement. J'ai l'intention d'aller où je veux, de faire ce que je veux. Si tu essayais de m'en empêcher, Victor, je te quitterais.

Il la dévisagea, incapable de réagir immédiatement.

— C'est absurde, fit-il enfin.

— Peut-être. Mais pousse-moi dans mes retranchements, Victor, et tu t'apercevras que je ne plaisante pas.

— Il faut absolument que tu cesses ce... ce genre d'aventures. Tu ne peux pas espérer garder le secret. Ces hommes...

— Victor, depuis le temps que nous sommes mariés, je me suis toujours crue responsable des échecs survenus dans ce lit. Je me sentais empruntée, flouée, frustrée, et coupable de l'être. Maintenant, je sais que je me trompais. Les hommes m'assurent que je suis incomparablement douée au lit, pleine de verve et d'imagination.

— Tu ne te préoccupes donc pas du tout de ta réputation ?

— Oh, pauvre, pauvre Victor. Ma réputation est excellente, je te remercie. Ça me réussit très bien.

— Je demanderai le divorce.

— Comme tu veux, Victor.

— Ça t'est égal ! Très bien, mais tu pourrais penser à James.

— J'ai longuement pensé à lui. James ira là où j'irai.

— Aucun tribunal ne t'en accordera la garde.

Elle eut un mince sourire, le regard dur comme l'acier.

— Victor, attaque-moi sur ce point et ce sera la fin de tes rêves politiques. La publicité qu'engendrerait un divorce à scandale, ça serait ta fin.

— Tu me ferais ça ?

— Si nécessaire.

Il soupesa ce qu'elle venait de dire et décida de la croire sur parole. Il s'affaissa légèrement.

— Qu'attends-tu de moi, Pauline ?

— Simplement que tu me fiches la paix, Victor. Je serai l'épouse idéale en public ; nous serons une famille unie. A condition que tu ne me mettes pas de bâtons dans les roues. Grâce à ton appui matériel et ton soutien moral enthousiaste, j'ouvrirai, dans un avenir assez proche, une galerie à Manhattan. Je louerai également un appartement, petit mais agréable. C'est tellement ennuyeux de faire la navette, comme on dit. Du lundi au vendredi, je resterai en ville. Pour les week-ends, je rentrerai à Ardadia et remplirai mes devoirs d'épouse.

— Et si je refuse ?

— Peux-tu te le permettre ?

— Je vais y réfléchir, fit-il d'un ton aigre.

Elle s'installa à plat ventre, le visage dans l'oreiller, et ferma les yeux.

— Bonne idée, Victor.

Elle s'était presque endormie lorsqu'il reprit la parole, d'une voix incertaine, presque suppliante.

— Pauline, je n'ai jamais été très doué pour courir après les femmes. Je ne me vois pas commençant maintenant. Pendant les week-ends, est-ce que nous vivrons comme mari et femme ? Tu comprends ce que je veux dire ?

— Voilà une suggestion intéressante, dit-elle paresseusement. Nous pourrons en discuter. Demain matin.

Satisfait de cette réponse, il éteignit la lumière et s'installa confortablement. Au bout de quelques minutes, tous deux dormaient. Côte à côte dans le lit. Mais sans se toucher.

# CHAPITRE XX

La Femme Américaine : Son rôle et sa légende.

Le cours faisait partie de la Section d'Enseignement aux Adultes du collège d'Arcadia, et avait lieu une fois par semaine au Petit Théâtre, une pièce en forme de bol dotée de rangées de sièges s'élevant presque jusqu'au plafond. Le professeur changeait chaque semaine, chacun étant spécialisé dans une discipline intéressant les femmes. On avait fini par désigner ce cours sous le nom de Labo Libé.

Loukas lui avait demandé de venir. Et elle avait, sur le moment, réagi par un mélange de désappointement et d'excitation. Il lui demanda de l'excuser, lui affirma qu'il n'aurait jamais fait appel à elle si elle ne l'avait pas elle-même proposé.

Elle reconnut son erreur.

Il ajouta qu'il comprendrait fort bien qu'elle refuse.

Elle répondit qu'il n'était pas question de refuser. S'il pensait qu'il n'y avait aucun danger.

Il y a toujours un danger possible, lui dit-il. Je risque que tout ne se passe pas comme prévu.

Elle était d'accord sur ce point. Mais c'était quand même fort peu probable ?

Oh, absolument. Mais il ne voulait pas l'induire en erreur.

Ils discutèrent. Ils échafaudèrent un plan. Ils l'examinèrent sur toutes les coutures et en vinrent à la conclusion qu'il était parfait. Ou presque.

— Et si ça n'était pas lui ? demanda-t-elle enfin.

— C'est lui sûrement. Ça ne peut être que lui.

Mais elle devina à son ton qu'il n'en était pas certain. Pas même de ça.

Tandis qu'elle pénétrait maintenant dans le bâtiment de l'école, elle sentit croître son anxiété. Il ne s'agissait pas là d'un match de tennis qui risquait, si vous le perdiez, de vous contrarier fugitivement. L'enjeu, dans cette partie-là, c'était la souffrance, peut-être même la mort.

Ils en avaient longuement parlé, répété tout ce qu'elle devait dire. Loukas avait choisi ses vêtements, lui avait indiqué comment marcher, comment se tenir, décrivant en détail chaque mouvement.

Et dès qu'elle mit le pied dans l'immeuble, elle oublia aussitôt toutes ses recommandations.

Un homme en pantalon kaki amidonné, impeccable, était assis sur une chaise, pas très loin de la porte. Il lisait un magazine. En la voyant, il glissa le magazine dans sa poche et s'avança vers elle. Le gardien de nuit. Loukas lui avait dit son nom ; comment s'appelait-il, déjà ?

— Puis-je vous aider, Madame ?

Dans son esprit qui fonctionnait au ralenti surgit soudain une des instructions de Loukas « Enlève ton manteau dès que tu seras entrée. »

Elle eut l'impression que ça lui prenait un temps fou, de défaire les énormes boutons, de tirer sur les manches, de poser le manteau sur son bras. Elle se sentait nue. Le pantalon qu'elle portait, acheté alors qu'elle pesait cinq kilos de moins, était trop étroit. Il lui collait aux hanches, soulignait la forme de sa culotte, en dessous. Un sweater en fin nylon blanc lui moulait les seins ; pas de soutien-gorge, avait insisté Loukas. Elle avait la bouche sèche et elle effleura ses lèvres du bout de sa langue, comme pour les humecter.

— Je suis M^{me} Felton, dit-elle. Je cherche le Labo Libé. Pouvez-vous m'indiquer où c'est ?

Sa voix lui parut étonnamment ferme.

— Le cours a commencé depuis cinq minutes. La salle est au fond, près du gymnase. Suivez le couloir, vous ne pouvez pas vous tromper.

— Merci, dit-elle, en levant une main. (Elle se retourna vers lui.) Il me semble vous avoir déjà vu.

Elle prit une profonde inspiration et se rappela qu'un dernier coup d'œil dans son miroir lui avait permis de constater que les pointes brunes de ses seins étaient parfaitement visibles sous le mince sweater de nylon. Elle le vit y poser fugitivement ses yeux, puis les relever.

— Ici à l'école, Madame Felton. Aux réunions des parents d'élèves. J'y suis toujours.

— Ailleurs.

Il acquiesça d'un signe de tête solennel.

— J'ai travaillé au A-1 dans le temps. Je faisais les livraisons.

Elle le gratifia d'un grand sourire.

241

— Mais oui, bien sûr, c'est ça. Vous veniez livrer chez moi, je me rappelle.

— En effet.

— Ralph, n'est-ce pas ? Ralph Burleigh.

Il parut surpris qu'elle sache son nom.

— Vous avez une bonne mémoire, madame Felton.

— Je me souviens de vous, Ralph.

Pas trop appuyé, avait conseillé Loukas. Ne lui mets pas la puce à l'oreille. Lance ton appât tranquillement et laisse-le grignoter.

Sandy s'engagea dans le couloir. Pour la première fois de sa vie, elle regretta de ne pas être plate et osseuse, d'avoir une chair appétissante. Elle n'osa pas regarder derrière elle.

Lorsqu'elle revint deux heures plus tard, il était toujours à la porte. Elle s'arrêta pour endosser son manteau.

— Très intéressant, ce cours, dit-elle avec un sourire.

— Je n'ai jamais le temps d'y assister. Il y a toujours des rondes à faire.

— Eh bien, reprit-elle aimablement, bonne nuit, Ralph.

— Bonne nuit, madame Felton.

Peut-être, songea-t-elle en se hâtant vers sa voiture. Peut-être Loukas se trompe-t-il.


« Conduis-toi exactement comme d'habitude », avait dit Loukas. Consciente de chacun de ses gestes, elle rangea la voiture dans le garage. Elle rabattit la porte basculante, la ferma à clef, pénétra dans la maison.

Après avoir pris une longue douche brûlante, elle endossa une chemise de nuit transparente, puis tira les rideaux devant la vaste baie de sa chambre à coucher. Quelqu'un, à part Loukas, était-il aux aguets ? L'idée la fit frissonner. Elle eut soudain peur pour Loukas, songea à l'appeler, à l'inviter à venir attendre en sa compagnie dans la maison que la nuit se termine.

En fait, elle redescendit au rez-de-chaussée, se prépara un Décaféiné et regarda un vieux film à la télé. Robert Ryan et Robert Mitchum. Le film était mauvais, mais les acteurs lui plaisaient. Le film terminé, elle alla se coucher, après avoir pris un Valium.

Le lendemain matin, elle s'éveilla reposée et étrangement calme. Elle s'attarda un moment au lit, puis se dirigea vers la fenêtre et ouvrit les rideaux. Il faisait un temps maussade, gris et froid, et le sol était couvert de neige. Elle gonfla ses poumons, puis d'un geste prompt passa la chemise de nuit par-dessus sa tête et la laissa tomber par terre. Elle se força à ne pas bouger, compta silencieusement jusqu'à cinq avant de se détourner.

Qu'avait pensé Loukas, qui l'observait depuis sa cachette ? Avait-il été révolté, choqué par ce geste impulsif et qu'elle n'avait pas prémédité ? Elle comprit que d'étrange façon, elle avait voulu se montrer à Loukas, s'exhiber à lui, comme pour lui révéler un aspect jusqu'alors caché de sa personne.

Elle s'habilla rapidement, pressée maintenant d'en finir. Un sweater, un jeans, des sandales de tennis. Il y avait des limites aux risques qu'elle voulait bien prendre.

Elle entreprit ensuite de se conduire comme elle le faisait chaque matin. Ouvrir le garage ; porter dehors les poubelles qu'on ramasserait plus tard. Elle tourna un instant les yeux, au-delà du tapis de neige, vers la rangée d'arbres, à une douzaine de mètres de la maison. Les buissons et les haies devant les arbres formaient un mur compact. Loukas était dans le coin, il y avait passé la nuit et il devait être devenu un bloc de glace, incapable de se mouvoir rapidement. Leur plan était stupide, songea-t-elle, prise soudain d'une colère et d'une rancœur qui la surprirent elle-même.

Elle contourna la maison en direction de la porte de la cuisine, en s'avançant sans hâte. Les battements de son cœur s'accéléraient et elle avait encore la bouche sèche. Aucun plan n'était parfait. Les individus, c'était l'élément impondérable dans n'importe quelle situation.

Derrière elle, un bruissement. Un son caractéristique de pas traversant l'allée de graviers. Elle se raidit et dut se forcer à continuer. La voix de Loukas résonnait dans sa tête. *Reste calme, laisse-lui faire le premier pas, et réagis seulement à ce moment-là.* Elle poursuivit son chemin.

La respiration de l'homme était rauque, irrégulière, et elle s'imagina entendre des grognements bestiaux à mesure qu'il se rapprochait. Rien ne l'avait préparée à ça, ce son animal qu'il émettait, et l'énormité de sa propre terreur. C'était trop ! Elle se mit à courir. Trop tard. Le coup de poing l'atteignit à la joue et elle trébucha.

*Loukas !* cria-t-elle silencieusement.

Ralph Burleigh n'était ni séduisant ni juvénile, à la morne lumière du matin. Les yeux lui sortaient de la tête, ses lèvres remuaient en silence et il avait le visage marbré. Il la frappa encore et elle s'étala sur le dos.

*Loukas !...* Aucun son ne réussit à franchir ses lèvres.

Elle roula sur elle-même, les genoux repliés en prévision de l'attaque, comme le lui avait recommandé Loukas. Il plongea sur elle et elle détendit ses jambes de toutes ses forces. Burleigh tomba sur le flanc.

Sandy se releva et se mit à courir. Il se rua à sa suite ; gagna rapidement du terrain. Ses doigts se refermèrent sur l'encolure de son sweater et elle se sentit projetée à terre. Il se mit à la bourrer de coups de pied tandis qu'elle s'efforçait de bouler sur elle-même pour lui échapper.

— Loukas ! hurla-t-elle.

Affolée, prise de faiblesse devant sa propre impuissance à se défendre, elle sentait ses forces décliner rapidement et elle savait qu'elle ne pourrait pas s'opposer beaucoup plus longtemps à lui. Où donc était Loukas ? La nuit avait-elle été trop longue pour lui ? Comme en réponse à cette question, elle entendit une voix, au loin...

— Police ! Lève-toi et mets les mains en l'air ! Tout de suite !

Burleigh se releva, à moitié accroupi, leva les mains comme pour obéir. Puis il détala en direction des bois.

Loukas braqua son pistolet sur le fuyard, en soutenant son poignet droit de sa main gauche.

— Arrête ou je tire !

L'arme était lourde dans sa main, mais la sensation n'était pas désagréable, et il voyait nettement Ralph Burleigh dans l'alignement du cran de mire.

Ses doigts se crispèrent sur la détente et le sentiment de sa toute-puissance lui fit courir un frisson dans le dos. Il ne pouvait manquer sa cible.

Tire, s'exhorta-t-il. Tire et rends la paix et la tranquillité à Arcadia et à tous ses habitants. Tire et tue Ralph Burleigh.

Un cri d'horreur s'étrangla dans sa gorge. Levant la main droite, brusquement, il tira en l'air.

— Stop ! hurla-t-il. Tu es en état d'arrestation !

Ralph Burleigh disparut dans les bois.


Loukas suivit le mouvement ; il courut à toutes jambes, les muscles du ventre bandés par l'effort. Il s'efforçait de respirer à pleins poumons l'air froid du matin. Il se sentait soulagé, satisfait d'utiliser son corps. La raideur de ses articulations se dissipa et il éprouva une joie presque oubliée à redevenir un être purement physique.

Il aurait voulu mettre Ralph Burleigh en garde. Ne cours pas, tu ne trouveras pas de havre de grâce. Ni à Arcadia, ni ailleurs.

Il se baissa pour éviter une branche basse, trébucha et tomba à quatre pattes. Son pistolet lui échappa et il perdit du temps à le retrouver avant de reprendre sa poursuite.

Burleigh avait pris de l'avance. Il décrivait un arc de cercle en direction du Vieux Moulin, se rabattait vers la Seven Mile River. Loukas traça une ligne imaginaire en direction d'un point de la rivière où Burleigh devrait forcément émerger. Il courut vers ce point.

Des branches lui fouettaient le visage. Il trébucha encore, se cogna au tronc d'un arbre. Il commençait à se sentir des crampes dans les cuisses. Tous les exercices qu'il faisait au sous-sol du Fort n'avaient pas suffi à le préparer à cette chasse. Et Ralph Burleigh avait presque vingt ans de moins que lui.

Ses genoux s'étaient mis à trembler. Le pistolet pesait de plus en plus lourd dans sa main. Et si Burleigh essayait de se défendre ? Il était plus jeune, plus costaud probablement, et en bien meilleure forme. Peut-être serait-il forcé de se servir de son arme. Se souvenant qu'il avait eu, un instant plus tôt, envie de tuer, il frissonna. Il le savait, il n'abattrait pas cet homme. Impossible.

L'endroit où Loukas surgit d'entre les arbres se trouvait à moins de dix mètres de la rivière. Un rang de pierres glissantes formait un gué précaire au-dessus des eaux bondissantes. Petit garçon, il l'avait souvent emprunté. Mais maintenant il hésitait.

Quelques feuilles mortes tombèrent en tourbillonnant. Un écureuil détala dans la forêt. Des ramiers roucoulaient. Mais aucune trace de Ralph Burleigh.

Loukas remonta la colline. La voiture. Ralph Burleigh devait tenter de regagner sa voiture. Loukas avait vérifié. C'était une Ford de 1965 que Burleigh avait achetée moins d'un an plus tôt.

Loukas fut pris d'un point de côté. Ses poumons le brûlaient. Ses cuisses étaient douloureuses. Il eut l'impression de ressentir un coup de poignard dans le ventre. Pourquoi ne pas laisser tomber ? Mobiliser toutes les forces de police pour le retrouver. Burleigh n'irait pas bien loin. Mais Loukas n'aurait pu s'arrêter.

Il repassa devant le Vieux Moulin, s'engagea dans un étroit sentier qui montait vers Brooks Drive. Il émergea des bois à quinze mètres de la route. Pas de voiture en vue.

Il tendit l'oreille, s'efforça de percevoir un son malgré sa respiration haletante. Rien. Burleigh l'avait-il blousé, avait-il évité de revenir sur ses pas ? Ou bien avait-il choisi de faire un plus grand détour, en espérant augmenter ainsi son avance ?

Brooks Drive débouchait sur la grand-route de l'ouest. Loukas la suivit, arriva à un tournant. Un peu plus loin, parfaitement visible, garée sur le bas-côté, se trouvait la vieille Ford.

Loukas se posta derrière un vieil érable pourpre et s'efforça de redevenir maître de soi. Ses tremblements cessèrent rapidement, et il sentit ses forces lui revenir. Il remit le pistolet dans son baudrier. Bientôt, il entendit des pas.

L'air d'avoir fait une innocente promenade matinale, Ralph Burleigh sortit des bois. Son visage juvénile était serein, agréable, séduisant. Il s'avançait sans manifester la moindre inquiétude. Il était à moins de six mètres lorsque Loukas sortit de derrière son arbre.

— Ralph, dit-il.

Apparemment, Burleigh vit surgir Loukas avec la plus grande sérénité.

— Sergent Loukas, dit-il.

Il leva la main droite et Loukas vit qu'il brandissait un gros caillou de la taille d'une balle de base-ball.

Burleigh projeta le caillou et Loukas plongea au sol. Il se releva d'un bond et s'écrasa en avant. Burleigh ramassa une grosse branche et l'abattit à la volée. Emporté par son élan, Loukas fit pivoter son buste mais ne put éviter complètement la branche. Elle le cueillit à l'épaule gauche, le projeta à terre.

Loukas roula-boula pour mettre de la distance entre lui et Burleigh. Il se redressa à genoux, le bras gauche déjà presque paralysé. Burleigh s'avança sur lui.

— Je vais vous tuer, sergent, brailla-t-il. Je ne plaisante pas.

Loukas se releva lentement. Une douleur sourde lui taraudait l'épaule et, il le savait, son bras gauche ne pouvait lui être d'aucun usage.

— Pose ça, Ralph.

— N'approchez pas ! Je vous préviens !

— Il y a eu assez de victimes, Ralph. Nous n'en voulons pas d'autres.

— Fichez-moi la paix !

Loukas chargea et Burleigh abattit sa branche. Loukas passa dessous, percuta Burleigh aux genoux. Ils s'écroulèrent ensemble. Une douleur fulgurante traversa l'épaule de Loukas et il faillit hurler. Il se releva, le poing brandi.

Burleigh se recroquevilla sur lui-même, se protégea le visage des deux mains.

— Non ! dit-il d'une petite voix puérile, presque geignarde. Ne me faites pas de mal, je vous en prie. Je vous en prie, ne me faites pas de mal.


FIN

# SUPER NOIRE

## SOUS LA DIRECTION DE MARCEL DUHAMEL

*Dernières parutions :*

*Prochain volume à paraître :*

*Prochain volume à paraître :*

Cet ouvrage
a été achevé d'imprimer
sur les presses de l'Imprimerie Bussière
à Saint-Amand (Cher), le 19 mai 1976
Dépôt légal : 2<sup>e</sup> trimestre 1976.
N° d'édition : 21108.
Imprimé en France.
(751)